JN065302

インゴとインディの物語 II

大矢純子 作　佐藤勝則 絵

鳥影社

インゴとインディの物語 Ⅱ　もくじ

1 春のざわめき 5
2 三つの果物の魔法 47
3 三人の女の子と、ひとりぼっちの女の子 82
4 夢の中の約束 98
5 怖かった日 119

6　ドクター・ジュノーのお使い　152

7　水ゴケとバラのお守り　187

8　紙とインクの魔法　205

1　春のざわめき

春は、ゴーゴーと、木々や海をさわがせる風とともに近づいてきます。

明日はあたたかくなりそうだなと思うと、その夜は、決まって強い風が吹きあれるのです。

そんな波も荒い時期、海が見わたせる丘の上にある小学校は、春休みの真っただ中です。

教室には、校舎の木の香りだけが横たわっています。

子どもたちの姿はないので、もの音はなく静まりかえっている……はずなのですが……、黒板の裏からはおしゃべりがもれてきます。

「毎年のことだけどさ、ひっこしは慣れないね、っていうか、ボクはひっこしはきらいだよ」

そこでは、インゴが自分の机の引き出しの中から、クレヨンやらペンやらインク壺やらノートなどを乱暴にひっぱり出しながら口をとがらせていました。

「毎日、ちゃんと整理整頓しないからそんなにグチャグチャになっちゃって、さあひっこしって時に、パパッと荷造りできないんじゃないの！」

インゴのふたごのお姉さんのインディは、あきれ顔でインゴを見ています。

というのも、インディの荷物は、もう、きちんとふたつの箱と三つの手さげ袋の中におさまっているのに、インゴのまわりときたら、まだちらかりほうだいなのです。

「インディはいいよなあ。ボクはもうこんなにメチャクチャになっちゃって、ど

うしたらいいのかわかんなくなっちゃったよお」

「だからね、全部をひっぱり出してゴチャまぜにする前に、お洋服とクツを入れる箱と、日用品を入れる箱と、本とお勉強道具を入れる手さげなんかを床に並べて、そこに机や棚から出したものを順番に入れていけばいいんじゃないの！　簡単なことでしょう？」

「そんなこと言ったって、もう遅いよ。インディには簡単なことだって、ボクには簡単じゃないんだからさ」

インゴは、とうとう床の上にペタリとしゃがみこんでしまいました。

そして、フワリとウェーブのかかった長い金色の前髪のすき間からのぞく目になみだを浮かべ、インディを見あげています。

インディは、そんなインゴを見ながら、去年の夏休みの「空をとぶための課題」を思いだしていました。

インゴには楽しくて簡単だったプラタナスの木からとびおりる練習が、自分には怖くてむずかしかったのです。

インディは、ちょこんとかぶった赤いベレー帽に手を当てると、インゴのとなりにしゃがんで言いました。

「手伝ってあげるわ。でも、これって毎年のことじゃない？　来年は、ちゃんと自分でやるって約束してね」

「うん、わかった！」

インゴは元気に立ちあがると、なみだをふいて笑顔を見せました。

こうして、インゴとインディが三年生の教室の黒板の裏から、四年生の教室の黒板の裏のすみかへとひっこした次の日、海が見わたせる丘の上にある小学校では、新学年が始まりました。

四年生になったマーニとカーチャとエミーは、新しい手さげ袋を持って学校に向かいます。赤いとんがり帽子の鐘の塔を目ざしながら歩く一本道の両側には、クローバーやタンポポの花が咲いています。

「その手さげ、かわいいね！」

カーチャが、マーニの手さげ袋を見て言いました。

「そうかな？　ありがとう。おばあちゃんが古いお洋服の生地を切って、パッチワークで作ってくれたの」

「ふうん。古い洋服が、かわいい小物になるんだね」

カーチャは感心したように言いました。

「カーチャの手さげだって、かっこいいわよ」

エミーはそう言って笑いながら、カーチャの手元を指さしました。

「かっこいいってさ、それってほめ言葉？　あたしは、お兄ちゃんのお古はきらいじゃないけどね」

「そうよ。カーキ色のデニムの手さげなんて、なかなか持ってる女の子いないわよ。男の子みたいなカーチャじゃなきゃ、にあわないと思うわあ」

エミーは、スキップしながら歌うようにしゃべり続けますが、カーチャの顔がくもってしまったことには気づいていません。

そんなふたりを見ながら、マーニはわざと明るく言いました。

「エミーのは、お母さんが作ってくれたの？」

「ちがうわ。大きな街のレースとフラワープリントの生地の専門店で買ってきたのよ。

ママの手作りもうれしいけど、いかにも手作りってどう？　やっぱりちょっと高くてもセンスいいのを持ちたいものね」

エミーは、あごを少し上げてそう言いながら、レースがヒラヒラする花もようの手さげ袋を高く持ちあげてみせました。

そんなエミーの様子を前に、思わず目が合ってしまったカーチャとマーニは、どちらからともなく早足になりました。

「さ、もうすぐ鐘が鳴っちゃう。走ろう！」

カーチャは地面をけると、みるみるうちに小さくなっていきました。


マーニが四年生の教室に入ると、春休みに入る前に、三年生の教室から運びいれておいた自分たちの机とイスがありました。それぞれのイスには使い慣れた羊の毛皮がかぶせてありました。マーニたちとずっと時間をともにしてきたものは、四年生になった今だって、変わらずによりそってくれているようです。

マーニの机は、黒板の前にゆるい円をえがいて並べられた三列の一番うしろの真ん中にあります。となりはブラッドリーとセスです。マーニはすみっこの席が好きなので、少し気が重くなりましたが、のんびりマイペースなブラッドリーが左どなりだったのでホッとしました。

まわりを見ると、カーチャは一番前の左はしでドアの近く、エミーは二列目の右はし、窓の近くにすわっていました。

この教室にも大きな黒板がありました。それは、まるで劇場の舞台のように、使われていない時には赤いビロードの幕でおおわれています。

でも今日、その幕は左右に大きく開けてありました。黒板は、ただにぶく光っていて、そこにはまだチョークの粉はついていません。

始業のベルが鳴ると、さっきまで窓辺の花の世話をしていたサラ先生が、黒板の前に立ちました。

「四年生になったみなさん、おはようございます」

先生の優しい笑顔に、みんなもあいさつを返します。

「サラ先生、おはようございます！」

「さあ、今日から四年生ですね。また一年間、みんなで仲良くすごしましょう」

先生が、続けて何かを言おうとした時、カーチャが手を挙げました。

「サラ先生、インゴとインディは？」

「まあまあ、カーチャはせっかちさんね」

先生はほほえみましたが、カーチャは真剣です。

「だって、インゴとインディもいっしょに四年生になるって……」

カーチャは、ほっぺたをふくらませて、強い視線を先生に投げかけました。

マーニは、そんなカーチャをたのもしく感じます。だって、カーチャはいつも、マーニが、言いたくても言えないことをはっきりと言ってくれるのですから。

「インゴとインディも、三年生の黒板から四年生の黒板にひっこすのは大変だと思うのよ。ゆっくり新学年をむかえさせてあげましょう」

サラ先生は出欠をとり、クラスを見まわすと、子どもたちに言いました。

「では、一時間目は、机の中のものをチェックして整理しましょう。

みなさんの机の中には、新しいインク壺と、羽根のついたペンが二本と、作文の練習用紙の束を入れておきました。そこに、おうちから持ってかえってきたフェルトの筆入れをもどしてください。鉛筆と、色鉛筆と、クレヨンはちゃんと入れてありますね？」

クラスのみんなは、机の天板をパタンと上げると、筆記用具や本やメモ用紙などを中に並べました。

「では、一時間目の授業を始めましょう。

今から、みなさんに緑色の表紙のノートを二冊ずつ配ります」

そう言って先生が見せてくれたのは、線のない画用紙が束ねられた大きなノートでした。

先生は説明を続けます。

「表紙には名前が書いてあります。一冊は学校の授業で使います。もう一冊はおうちに置いておいて、何か書きたいなと思った時、自由に使ってください。日記でも、メモでも、手紙でも、作文でも、絵だけだって大丈夫です」

「でも、手紙って、誰かに送らなきゃ意味ないわ」

エミーが、手を挙げながら言いました。

「そうね。でも、小さい時の自分や、きのうの自分や、大人になった自分に書いてもいいわ」

「そっか。自分に手紙書くっておもしろいかも」

「自由ノートの方は、学校に持ってくる必要はありません。私も読みません。だから、安心してなんでも書いて！」

「うひゃあ。なんでもありかあ」

いたずらっ子のエバンが声をあげました。

「でも、一年間使う大切なノートですから、なくさないように注意してくださいね」

サラ先生は、笑いをこらえながらそう言いました。

「そして、もう一冊は学校で使う課題用です。わかりやすい文章で、きれいに書いてください。もちろん、私が毎回読ませてもらいますので、先に言っておくわね」

「うぎゃ！」

エバンの声がみんなの笑いを取ったところで、先生がパンパンと手をたたきました。

「はい、じゃあ、今日の課題です。

表紙を開くと、最初のページには、私からみなさんへのメッセージがあります。それを読んだら、次のページに、みなさんから私へのお返事を書いてください。今年の希望や夢や目標なども書いてくれたらうれしいわ。

書き終わったら、自分の好きな色や絵で、そのページをデコレーションしましょう。色鉛筆やクレヨンだけじゃなく、絵の具を使ってもいいですよ」

先生からノートを受けとると、みんなは、まっさきに最初のページを見ました。メッセージはきっと、新学年をむかえた自分たちへの、先生からのプレゼントにちがいありません。

マーニもワクワクしながらノートを開くと、青いインクの文字がありました。

「マーニへ

今年は、元気な男の子たちとも仲良く遊んでみましょう。

きっと、マーニの世界が大きく広がると思うのよ。

マーニが知らなかった自分に出会えるかもしれないわ」

サラ先生からの優しいメッセージを期待していたマーニは、その提案にポカンとしてしまいました。そして、先生への返事を書くためにページをめくる指は、空中で止まってしまいました。

だって、先生の提案を読んだマーニに書ける返事は「希望」や「夢」などではなく「心配」だけになりそうなのですから。

ふと、ドアの近くにすわっているカーチャを見やると、カーチャは頭をかきながら、天井をながめています。いつもは課題が出されると同時に、羽根のついたペンの先をインクにひたすカーチャですが、今日はちょっと様子がちがいます。窓側にすわっているエミーの背中を見ると、エミーは、時々窓の外に目をやりながらせっせとペンを動かしています。

「ねえ、ブラッドリー」

マーニは、左どなりの席にすわっているブラッドリーに、小さな声で話しかけました。

「先生のメッセージ、なんて書いてあったの？」

「え？　ちょっと長かったけど、『ほめられることと、本当にやりたいことのちがいをわかりましょう』ってことかな？」

「ふうん。むずかしいね」

「そうかなあ？　大人の意見を気にしないで、自分に正直になればいいんだと思うけどなあ。だから僕は、今、そんなことを書いているんだ」

マーニは右どなりのセスを見ました。実は、この男の子はちょっと苦手です。大きな声でさわぐし、乱暴な言葉を使うし、教室を走りまわったり、階段をとびおりたり、とにかくちょっと怖いのです。

そんなセスは、マーニの視線に気がつくと「見るなよ！」と、どなるように言いました。

元気な男の子と仲良く遊ぶなんて、考えただけでも、また黒くて大きなカラスがお腹の中で暴れだしそうな予感がします。せっかくワクワク四年生になったのに、先生は、どうしてあんなことを提案するのでしょう。

休み時間になると、カーチャが、自分のノートを持ってマーニの席にやってきました。

「マーニのは、どんなメッセージだった？」

マーニが、緑色の表紙のノートを広げてカーチャに見せると、カーチャは「あんたが男子と元気に遊んでるって想像できないよ！」と笑いながら、マーニに自分のノートを見せました。

「カーチャの正義感が、大きく優しいものに成長しますように。
そして、まわりの人を等しく守る力になりますように」

カーチャは、自分のとなりの席にいるスーザンを遠目に見ながら口をとがらせました。

「あの子さ、イヤミばっかり言うんだ！　それにウソもつく。

『等しく守る』ってさあ、スーザンのことも？　無理！」

カーチャは、毛玉だらけのピンクのベストを着たスーザンの大きくて丸い背中から目をそらしました。

マーニは、カーチャがいつだって優しくて正しいのを知っていますが、ずるい子や意地悪な子が大きらいなのもよく知っています。

先生は、どうやら、カーチャにもむずかしいことを提案したようです。

「ねえ、カーチャ、それで、お返事はなんて書いたの？」

「ん？　とりあえず『ケンカしないように、がまんの練習をしようと思います』って書いた。絵は、あとでてきとうにかくよ。マーニは？」

「私も、毎日『おはよう』とか『さようなら』とか、廊下で走りまわっている男の子たちにもちゃんと言いたいって書いたの。

でも、仲良く遊ぶって、どうしたらいいのかわからない」

そこへ、エミーが笑顔で近づいてきました。

「なあに？　ふたりとも！　なんでそんな暗い顔してるの？」

「先生のメッセージ、なんだって？」

カーチャが聞くと、エミーはクルリとひるがえって自分の席にまいもどり、緑色の表紙のノートを持ってきました。

「ね？　すてきなメッセージでしょ？」

エミーが大きく開いたそのページにも、サラ先生の青いインクの文字がありました。

「エミーは、美しいものが好きね。

だから、窓の外にある美しいものもたくさん見つけてみましょう」

エミーは、そのメッセージがとても気にいった様子です。そのしょうこに、エミーは、次のページに自分の言葉を書きこんだだけではなく、絵までかき終わっていました。

「かわいいお洋服のデザインを考えるためには、お花や鳥やチョウチョの様子をかんさつすることは大切だと思います。色のアイディアも、自然からたくさんもらえるように、毎日きれいなものをながめようと思います」

エミーの言葉をかざるように、花や、鳥や、虹の絵でそのページはすき間なくいろどられています。

「私はね、きれいなものを、オリビアよりもずっとたくさん見つけるわ！」

エミーのとなりの席のオリビアの一家は、遠くはなれた大きな街のホテルを経営しているお金持ちです。

だからオリビアは、エミーも持っていない赤いエナメルのハンドバッグや、ダイヤモンドのペンダントだって持っています。そして、学校に来る時でも、長いフレアスカートの下にフワフワのペチコートをはいています。スカートのすそからのぞくペチコートのレースには、マーニも何度もうっとり見いってしまったほどです。

「私は、オリビアには負けないの！」

エミーの強い決意に、カーチャは半分おもしろそうに苦笑いを浮かべていましたが、少したつとハッと何かに気がついたようです。

「どうしたの、カーチャ？」

マーニが声をかけると、カーチャはゆっくりと口を開きました。

「ねえ、マーニ、エミー。サラ先生のメッセージって、もしかしたら……あたしたちにとってはチャレンジなんだよね？」

カーチャの真剣な声に、マーニは小首をかしげることしかできず、エミーはキョトンとしたままでした。

「五年生を目ざして四年生の階段を一段ずつ上るって、もしかしたら大変なことなのかも」

それは、カーチャだけが、ひと足先に何かを理解した四年生の始まりでした。

次の日の朝、教室のドアを開けると、黒板の赤いビロードの幕はきっちりと閉まっていました。

きっと、幕のうしろには、四年生になったインゴとインディがいるのです。

だから、サラ先生が出欠をとり終わると、クラスのみんなはソワソワしだしました。

四年生になっても、担任のサラ先生が赤い幕をスルスルと開けてくれるしゅんかんには、みんなの目がかがやきます。

「さて、今日は、物語の続きから始めましょう」

先生はそう言うと、窓辺に置かれた大きな木のイスに腰かけました。

クラスのみんなは、それを合図に、それぞれのイスにかぶせてあった羊の毛皮を床にしいて、その上にすわったり寝そべったりしながら物語を待っています。

マーニは、カーチャのとなりに行こうと思いましたが、前の方はもう場所がなかったので、一番うしろのすみっこに羊の毛皮をしき、ひざをかかえてすわりました。

「インゴとインディは、この学校の黒板にすんでいる妖精です」

物語は、いつもここから始まります。

先生は子どもたちを見わたすと、マーニに言いました。

「マーニ、黒板の幕を開けてくれるかしら？」

マーニは、とつぜん名前を呼ばれたので、ドキンとして立ちあがりました。

でも、やっと、インゴとインディの笑顔が見られると思うと心ははずみます。

マーニは静かに黒板に近づくと、赤いビロードの幕を開けるために、フサのついたひもをひっぱりました。

すると、どうしたことでしょうか？

黒板の中にいるのは、両手を腰に当てておこっているインディと、インク壺をひっくりかえしてしまったインゴです。インディの黄色いカボチャみたいにふくらんだズボンには、大きな群青色のシミがついています。

サラ先生は、つっ立ったままその絵に見いっているマーニに、腰を下ろすように目配せすると、静かに話し始めました。

「インゴとインディは、この春、三年生の教室の黒板からここにひっこしてきま

した。

でもね、小さなひっこしといっても、ふたりは全部自分たちでやらなければいけないから大変なんです。

特にインゴは整理整頓が大の苦手。三年生の黒板の裏のすみかにある荷物をまとめるのにも大さわぎで、インディに手伝ってもらったの。それなのに、四年生の黒板の裏のすみかにひっこしてきてからも、こりずに自分の荷物を床に大きく広げてしまったので、また大変なことになってしまいました」

そこまで先生の話を聞いたカーチャが手を挙げました。

「先生、でも、これははじめてのひっこしじゃないでしょ？　三回目ですよね？　三回目なら、誰だって、もう少しちゃんとできるんじゃないかなあ？」

カーチャがそう言うのも無理はありません。

だって、インゴのまわりには、手さげ袋や箱からひっぱり出されたものがちらばり、机の中からは本やノートだけでなく、なぜか、つっこみきれなかったソックスまでのぞいているのです。

カーチャのもっともな意見にサラ先生はうなずきましたが、そのままお話を続けます。

「そんなインゴは、自分の身のまわりはとっくに片づけてしまったインディを見て、あせってしまったのね。あわてたはずみに手をすべらせて、インディのズボンの上にインク壺を落としてしまいました」

教室には、子どもたちからのため息がもれます。

「いつもインゴのお片づけの手伝いをしてあげるインディも、ズボンをよごされておこってしまったのね。おまけに、インゴはいくら教えても整理整頓が上手にならないから……」

「先生！」

今度は、ブラッドリーが手を挙げました。

「でもさ、誰にだって、得意なことと苦手なことはあると思うんだなあ、僕は」

「インゴの得意なことはなんだったかしら？」

先生が、子どもたちに問いかけました。

「空をとんだり、木からとびおりたりするのはうまかったぜ！」

セスが、親指を立てながら言いました。

「そうだったわね。だから、インゴはインディにこう言いました。

『インディが空をとべなくてモタモタしていた時、ボクはおこらないで助けてあげたのに、なんでインディはそんなにおこるのさ』

インディも言いました。

『だって、私だって何度も助けてあげたのに、インゴはいつまでたってもできないままなんだもの』

『そんな言い方ってないよ！』

『あら、だって本当のことでしょう？　それに、私はインゴのお洋服をよごしたりはしなかったわ！』

『わざとじゃないもん！』

ふたりは、とうとう、おたがいにそっぽを向いてしまいました。

せっかくの新しい始まりが、もうメチャクチャです」

先生はそこまで話すと立ちあがり、黒板の赤いビロードの幕を閉めました。

「インゴとインディには、静かな場所でゆっくり考えてもらいましょう」

教室では、子どもたちの意見がとびかい、ざわつき始めました。

「整理整頓ができるだけで、上から目線で見られたらたまんないよな！」

セスが大きな声で言いました。

「学習能力のないインゴも、いいかげんにしてほしい！」

これはカーチャの声です。

先生は、窓を開けて教室に新しい空気を入れると言いました。

「このお話の続きは、来週の『教室おとまり会』の日にね。

では、おとまり会のプリントを配りますから、帰ったら忘れずにおうちの人にわたしてください」

マーニはうちに帰ると、町の診療所の仕事からもどっていたママにそのプリントをわたしました。

「保護者の方へ
三年生の学年末にもお知らせしましたが、今週末、金曜日の放課後から土曜日のランチタイムまで、恒例の『四年生の教室おとまり会』があります。

クラス全員で食事を作ったり、ゲームをしたり、きっと子どもたちの楽しい思い出になることでしょう。
各自、次のものを金曜日の登校時に持参してください。
寝袋、枕、パジャマ、サンダル
洗面道具、着がえ、薬など
お気にいりの本一冊
なお、お菓子やぬいぐるみ、スマートフォンなどは登校日と変わらず禁止です。
解散は土曜日の午後一時です。
担任　サラ・ハーマン」

「ああ、いよいよね。四年生が毎年楽しみにしている行事！」

ママは楽しそうにそう言いました。

「みんなが楽しみにしているわけじゃないと思うの」

「あら？」

「だって、私は、お友達のおうちにだってとまったことがないのよ。さびしくなっちゃったらどうしようかな……」

「カーチャやエミーがいるでしょ？」

「う、うん。でも、せっかくパパが金曜日の夜に帰ってくるのになあ」

「大丈夫よ。パパは帰ってくるのよ。金曜日の夜に遠くに行ってしまうわけじゃないわ。マーニがどんな夜をすごしたのか、あとで話してあげたらとっても喜ぶと思うわ」

「う、うん」

「寝袋は、パパのじゃ大きすぎるから、いとこのサマーちゃんのお古をもらってあるわ」

「サマー姉ちゃんの？　パパのを借りちゃダメ？」

「ダメじゃないけど」

「じゃ、パパのを借りる！」

そう決まると、マーニは、パパがいっしょにおとまり会に来てくれるような気がして、少しだけホッとしました。


その週の金曜日の朝、マーニは、遠足用の大きいリュックに荷物を入れると、パパの緑色の寝袋をかかえてうちを出ました。

しばらく歩いていると、うしろからカーチャが追いかけてきました。

「マーニ、おはよう！　いよいよだね。教室でみんなといっしょに寝るなんてさあ、楽しみすぎて、あたし、きのうは眠れなかった」

「私は、心配でよく眠れなかったのに？」

「あはは。マーニらしいね！」

大きな迷彩がらのリュックに紺色の寝袋をくくりつけて歩きながら、カーチャは大声で笑いました。

「ちょっと待ってよお、ふたりとも！」

うしろから追いかけてきたのはエミーです。

「もう、待っててくれたっていいじゃない！　なんか、二人とも、このごろちょっと冷たいわよ」

エミーは、ポケットがたくさんついたピンク色のリュックを背負い、そのリュックと同じ色の寝袋をかかえています。

「おはよう、エミー。それ、かわいいリュックね」

マーニが声をかけると、エミーは、待ってましたとばかりに話し始めました。

「キャンプ用品って、男の子っぽいものやダサいものが多いでしょ？」

くちびるをゆがめて両手を頭のうしろで組んだカーチャに、エミーは気がつかない様子です。

「だからこれは、去年、パパとママとパリに行った時におねだりしたのよ！　今日みたいな日のために。それに、これから高学年になれば、もっとキャンプとかにも行くし」

「ふうん」

カーチャはそっけなく答えます。

「身のまわりのものに対して、私はいつも意識を高く持っていたいのよね。すてきなレディーになるために。

あらやだ。マーニの緑の寝袋、清潔なのかしら？」

マーニは、ちょっと立ちどまってパパの寝袋をだきしめました。

「カーチャのだって戦争に行くみたいなリュックじゃない？　もっと、女の子らしいものを……」

「よけいなお世話だよ、エミー！　あんたは心にレースつけて、口をリボンでしばったら？」

「な、なんて……？」

カーチャの言葉に、エミーの顔にはショックとなみだが浮かびます。

でも、カーチャは、知らんふりしてどんどん先を歩いていってしまいました。

残されたマーニをにらむと、エミーは言いました。

「本当のことじゃない？」

マーニは、下を向くだけです。

「せっかく、カーチャとマーニのことを思って言ってあげたのに」

エミーは、立ちすくむマーニを残して歩きだしました。

ふたりに遅れて、マーニがひとりで教室に入ると、床いっぱいに大きなリュックと寝袋が転がり、クラスのみんなは大はしゃぎです。

エミーは、オリビアたちと持ちものを見せあっていました。

でも、カーチャはひとりで窓の外をながめています。

マーニが近づくと、カーチャはポツンと言いました。

「言っちゃった言葉は消しゴムで消せないからさ……。でも、言わないでがまんしたってスッキリしなくてモヤモヤしたと思う」

「カーチャ、スッキリした？」

「ううん。イヤな気持ちだけ残った。

最近ね、イヤなこと言うエミーがちょっときらいだったんだけど、今は言いたいこと言った自分もきらいになったから、きらいな人が増えただけ。先にイヤな言葉を投げかけてきたのはエミーなのに、あたしがこんな思いするなんて不公平だよ！」

マーニは、そんなカーチャと窓の外の景色をながめることしかできませんでした。

サラ先生は出欠をとると、子どもたちに荷物を廊下に並べるように言いました。

「さあ、みなさん、放課後までは普通の日です。授業に集中しましょうね」

先生はそう言うと、黒板の赤いビロードの幕を開けました。

そこには、いつもインゴとインディが向きあってごはんを食べるテーブルがあるのに、テーブルに着いて、甘くてやわらかいキャベツたっぷりのスープを口にしているのはインゴとインディだけです。

「インゴとインディは、この学校の黒板にすんでいる妖精です」

物語は、いつもここから始まります。

そして、それを合図にみんなはそれぞれの羊の毛皮を持って、大きな木のイスにすわる先生の前に集まってきました。

「インゴとインディは、夕方になると、いつもいっしょに野菜のスープを作って仲良く食事をします。

でも、インゴはお料理が得意ではないので、畑から野菜を採ってくる係です。穴をほったり、高い所にのぼったりするのが上手なインゴは、あっという間に、バスケットいっぱいに野菜や果物や木の実やキノコを採ってきます。

インディはそれをきれいに洗って、皮をむいたり切ったりします。

そんな時、インゴは床にすわって木の実のカラで遊んでいたりするけれど、インディは気にしません。だって、インディはお料理が大好きだから。

ギーで野菜をいためたら、スパイスを選び、川で採れたやわらかな味の塩をふり入れ、コトコト煮こんでできあがり。

インディが、あつあつのスープをボウルによそってテーブルに置くやいなや、インゴは、幸せいっぱいの笑顔でスプーンをにぎりしめるの。そして、ふたりの楽しい時間が始まるのです。

でも、きのうの夜はどうしたことでしょう。

インディの前にはスープのボウルがふたつあり、インゴは床に足を放りだして、まだ土がついている生のジャガイモをかじっています。

『インゴがいらないって言うなら、私が全部食べちゃうから！』

インディが言いました。

『意地悪のインディが作ったスープなんていらないんだもん。ボクはジャガイモが大好きなんだ！』

インゴがそう言いかえします。

『そんなの食べたら、お腹痛くなっちゃうから！』

『ならないもん』

その夜、インゴはお腹が痛くて目を覚ましました。

すると、外では風が吹きあれ、木々のざわつく音は、大波が岩に当たってくだけているようにも聞こえます。

インゴはちょっと怖くなったので、すぐに眠りにもどろうと毛布をかぶりましたが、お腹が痛いので寝つくことができません。

あんまり痛いので、怖い気持ちをおさえながらベッドの中でゴソゴソ動いていると、となりのベッドでインディがシクシク泣いています。

『どうしたの？　嵐が怖いの？』

インゴは、ケンカしていたことを忘れてインディに声をかけました。

『お腹が痛いの』

インディが、かすれたような声で答えます。

『トイレに何回も行ったの。でも、まだお腹が痛いの』

『ボクもだよ。お腹の中に、大きな石がゴロゴロあるみたいなんだよ』

あらあら、ふたりはいったいどうなってしまうのでしょう」

先生は、心配顔の子どもたちを見まわして立ちあがると、フサのついたひもを引き、赤いビロードの幕を閉めました。

2　三つの果物の魔法

放課後、終業のベルが鳴ると、サラ先生が言いました。

「まずは、班を作って晩ごはんの準備をします」

サラ先生は、セスがリーダーになった元気な男子の班には、校庭に行ってキャンプファイヤーのたきぎを組む作業をたのみました。

学校の近くに住む大工のおじさんたちも、秋に集めておいた枯れ枝などをトラックに積んで、もうすぐ手伝いに来てくれるはずです。

先生は、ブラッドリーがリーダーの班には、かまどの準備をたのみました。

それは、学校の裏庭に並んでいる、レンガで作られたかまどにくべるたきぎを運んだり、火を起こしたり、スープを作るための水とベーコンの骨を入れた大鍋をセットしたり、けっこう大変な仕事です。

でも、その仕事は、学校の庭師のおじさんが手伝ってくれます。

最後は、調理係の班です。

この班は、けさ届いた野菜の皮をむいたり切ったりして下準備をします。

「私は調理実習室だけにいることはできないので、エミーが班長をしてください」

「はあい。責任を持ってがんばります！」

サラ先生に元気に返事をしたエミーは調理実習室に入ると、調理台の上に置かれた野菜や、きのうから水につけてふやかしてあるヒヨコ豆をチェックしました。

「マーニとオリビアはニンジンを切って。

カーチャとスーザンはジャガイモを切ってね。

ジャガイモは芽と緑色のところには毒があるから、気をつけて取りのぞいてね」

「家庭科の時間に習ったから、言われなくてもわかってるよ」

苦手なスーザンとペアを組まされたカーチャは、おもしろくなかったのか、きつい声で返事をしました。

「シャーリーとジャスパーとエバンはタマネギをお願いね」

エミーはみんなに仕事をあたえると、自分は窓から校庭でかまどの準備をしている班の様子を見たり、スープを入れる食器などのチェックを始めました。

「ねえ、エミー、そんなことまだあとでいいんだから、こっちに来てジャガイモ洗うの手伝いなよ」

カーチャがとがった声をかけると、エミーはフリルがたくさんついたエプロンをひるがえして言いました。

「その仕事は、ダメよ」

「ダメって？」

「だって、ジャガイモのドロでエプロンがよごれちゃうもの」

「あ、あんたねえ。ふざ……」

「ようち園からの友達だって？　笑っちゃうなあ」

その時、カーチャの噴火を止めたのは、意外にもスーザンでした。

「エミーは情熱的に自分が大好きで、まわりの気持ちなんか知ったこっちゃない。

カーチャは、そんなエミーにイラついて言いたいほうだいつっかかる。

マーニは、そんなふたりをおどおど見ているだけ。

バラバラでメチャクチャなのに、いっしょに登校したりして仲良しごっこ？」

スーザンはくちびるをゆがめて笑ってみせると、ナイフでジャガイモの芽と緑になった皮の部分を取りつづけました。

そんな会話のあと、調理実習室には重い空気が流れ、みんなのおしゃべりは止まってしまいました。

長いちんもくのあと、カーチャはスックと立ちあがると、暗い空気を破るように元気な声を出しました。

「よし、終わった！　これ、校庭のかまど班に届けてくる」

カーチャは、小さく切ったジャガイモがたくさん入ったボウルをかかえると、校庭にとんでいきました。

校庭では、かまど班が大きな鍋に水とベーコンの骨を入れてスープのダシをとっているところです。

「カーチャ、ジャガイモ、サンキュー！　そのままここにザブンって入れてよ」

ブラッドリーは、手を大きく広げて言いました。

「オッケー。あたしに任せておいてよ。上手に入れるから」

カーチャはジャガイモをこぼさずに鍋に入れると、今度は、ほかの野菜を取りにまた調理実習室に向かって走っていきました。

「ははは、カーチャはいつも風みたいだ」

そんなカーチャのうしろ姿を見送りながら、ブラッドリーは言いました。

水でふやかしたヒヨコ豆やタマネギやニンジンも、すばやいカーチャの働きで次々と鍋に放りこまれ、あとは、ベーコンの骨からいい香りの肉がホロリとスープの中に落ちれば完成です。

調理実習室では、エミーの指示で、パンが切り始められていることでしょう。

カーチャは、調理実習室にはもどらず、クツクツと煮える大きな鍋を見つめながら、ずっとそこに立っていました。

しばらくすると、サラ先生が、小さいベルを鳴らしながらみんなを校庭に集めました。

「では、少し早いけれど、楽しい夜の時間を長くするために、今から晩ごはんにしましょう。

全員で協力して、おいしいスープができたわね。

それぞれボウルによそって、パセリとレモンとお塩は好みで入れましょう。

パンにバターは、自分でぬってください。

キャンプファイヤーにはまだ明るいから、みんなそれぞれピクニックマットにすわってめしあがれ」

カーチャとエミーとマーニも、自分のボウルにスープをよそい、パンをおさらにのせ、同じピクニックマットに腰を下ろしました。

でも、カーチャとエミーはおたがい背を向けたまま、下を向いてスープをスプーンですくったりかきまわしたりしているかと思えば、急に口いっぱいにほおばったりしています。マーニはそんなふたりを見ているのがつらくなって、やっぱりふたりに背中を向けてしまいました。

せっかくのおとまり会が、メチャクチャになってしまいそうです。

そんなマーニの気持ちに追いうちをかけるように、カーチャが食べかけのパンとスープのボウルをガチャンと地面に置きました。

「お腹の中に石がつまっているみたい……もう食べられない！」

カーチャにつられたように、エミーもスープのボウルをピクニックマットの上に置きました。さっきまで、スープの中のヒヨコ豆にやつあたりするようないきおいで、口いっぱいモグモグしていたエミーは力つきたように言いました。

「なんか、変。お腹が風船になったみたい。なんか、チクチク痛いわ」

お腹をさすりながら泣きそうな顔をしてみせるエミーと、顔色の悪いカーチャに、マーニはできるだけ明るい声で話しかけました。

「みんなで、保健室に行ってみようか？　私、サラ先生に話してくる」

子どもたちの声が校庭にひびき始めると、それとは反対に、教室にはいつもと同じ夕方の静けさが訪れました。

でも、黒板をおおっている赤いビロードの幕はゆれています。

そのゆれがフワッと大きくふくらんだとたん、長い金色の前髪をグシャグシャにしたインゴがとびだしてきました。

そのあとには、金色の三つ編みを両肩にたらしたインディが続きます。

でも、インディはフラフラで、いつも三つ編みの先に結んでいる赤いリボンはほどけかかっていました。

「大丈夫？」

インゴは、インディの顔をのぞきこんで聞きました。

「大丈夫じゃないけど、がんばって保健室まで行くわ」

「うん、ボクたちがんばろうね」

「インゴは大丈夫？」

「大丈夫じゃなくってね、きのうの夜は、死んじゃうかもしれないって思ったんだけどね、死んじゃったらインディのこと助けてあげられないって思ったら、ちょっと大丈夫になってきた。もうひとりでちゃんと歩けるよ」

インディは、そんなインゴに少し元気をもらって言いました。

「ありがとう、インゴ。私、きついこと言ってごめんね」

「あやまらなくってもいいよ、インディ。ボクが悪かったんだから」

そんなインゴの言葉で、インディに笑顔がもどりました。

「インゴだけが悪いんじゃないわ。でも、お腹が痛いぐらいで死んじゃうなんて思うのは……」

「うん、ダメだよね」

そう言って少し身をよじるインゴの手を取って、インディは保健室に向かいました。

木の階段をゆっくりと下りて、保健室の木のドアをノックすると、中から返事がありました。

「待っていたよ。入っておいで」

その声の主は、まちがいなくドクター・ジャンガルワラです。

インゴとインディは、うれしくなって保健室のドアをいきおい良く開けました。

部屋に入ると、夕暮れのうす闇の中、赤いクッションがのっている大きなイスに、赤いターバンを頭に巻いて白いヒゲをはやしているお医者さんがすわっていました。

「こんばんは。ドクター・ジャンガルワラ」

「こんばんは、インゴとインディ。しばらく顔を見せなかったね。元気にしていたかい？」

「うん、ちょっと前まではね。でも、春になってひっこしとかでバタバタしてさ……」

「ふむふむ」

ドクター・ジャンガルワラは、インゴの身ぶり手ぶりをまじえた長い話を、白いヒゲをさわりながら楽しそうに聞いています。

インゴがしゃべり疲（つか）れてひと息つくと、インディがその言葉を引きとりました。

「それでね、私（わたし）は、せっかく作ったスープをインゴがいらないって言ったから、インゴの分も全部お腹（なか）につめこんで、そうしたらすっごく苦しくなって、お腹がとっても痛（いた）くなって……」

「ボクはね、お腹もペコペコで悲しかったし、ちょっとおこっちゃってたからさ、バスケットに残ってた生のジャガイモをガリガリかじっちゃったんだ。そしたらね、お腹が痛くなっちゃってさ。おふとんの中でがまんしてたんだけど、なかなか良くならないから」

「それで、ふたりそろってここに来たのはいい考えだったね」

「うん」

ドクター・ジャンガルワラは、大きな声で返事をしたインゴに優しい目を向けると、白いヒゲでかくれたくちびるに人さし指を当てました。

「静かに。ほら、足音が聞こえるだろう？　どうやら今夜はいそがしくなりそうだ」

ドクター・ジャンガルワラは楽しそうな顔をしながら、インゴとインディにベッドの下にかくれているように目で合図をしました。

マーニが保健室の木のドアを開けると、いつもはガラスのとびらの薬棚の中にかざってある、赤いターバンを頭に巻いて白いヒゲをはやしているインドの人形が机の上に置かれていました。

「あ、ドクター・ジャンガルワラ、こんばんは」

マーニは、心の中で人形に声をかけました。

それは、実は、この人形がドクター・ジャンガルワラだということは、マーニの小さな秘密だからです。

マーニのうしろからは、元気のないカーチャとエミーが入ってきました。

「ふたりとも、ベッドはひとつしかないから仲良く使ってね。ふたりの気分が良くなるまで、私もここにいてあげるから」

マーニは、まるでお母さんのようにカーチャとエミーに語りかけている自分にこそばゆさを感じました。だって、いつもめんどうを見てもらっているのはマーニなのですから。

でも、マーニには、今、このふたりのあいだに入って仲良くさせてあげられるのは、自分しかいないのだという思いがありました。

カーチャとエミーは同じベッドにもぐりこむと、それぞれ反対側を向いて丸くなりました。

保健室には、カモミールの花の香りがほんのりただよっていました。

きっと昼間、校長先生が、ここにやってきた子に優しい時間をあげようとたいた香りにちがいありません。

カーチャとエミーもカモミールの残り香に包まれながら、おだやかな気持ちを取りもどせることでしょう。

そんなふたりの足元でひざをかかえたマーニは、机の上のドクター・ジャンガルワラを見つめました。

すると、ベッドの下から聞き覚えのある声がします。

「ねえ、ボクたち、もうここから出てもいい？」

マーニが、あわててベッドの下をのぞきこむと、そこにはインゴとインディの姿がありました。

「あ、インゴとインディ！　でも、どうしたの？　ふたりともすごくボロボロに見えるんだけど、くたびれているの？」

「うん。お腹が痛くなっちゃったんだ」

インゴは大きな声で返事をすると、マーニたちのいるベッドの上にとびのりました。

「インゴ、女の子たちが眠っているんだから、さわいじゃダメ！」

「大丈夫だもん！」

ベッドのすみにそっと腰かけたインディにそう言われて、インゴは、すかさず言いかえしました。

「大丈夫じゃないから言っているのに……」

「ほらほら、ふたりとも、また始まったのかね？」

マーニが、その低い声のする方を見ると、赤いクッションがのっている大きなイスには、赤いターバンを頭に巻いて白いヒゲをはやしたお医者さんがすわっていました。

「やれやれ、今夜は、ゆっくり読書を楽しめそうにないねえ」

ドクター・ジャンガルワラはそう言いながら、三本の茶色いガラスのビンを机の上に置きました。

「それは『痛み止め』っていうお薬？」

インディが聞きました。

「え？　じゃあ、それを飲むと痛いの治る？」

インゴは、茶色いガラスのビンをのぞきこみました。

「まあ、待ちなさい。世の中には、痛いのを感じなくする薬もあるがね、それでは本当に病気を治したことにはならないね」

「ふうん。きっと、オネショしちゃったベッドをおふとんでかくすみたいな感じだね？」

「インゴ？」

「ち、ちがうよ、インディ、ボクじゃないもん。たとえばの話だよ」

「まあまあ、ふたりとも、私の話を聞きなさい。

うんとおこったり、うんと悲しかったり、うんとうれしかったりすると、心のバランスがくずれるんだよ。そうすると、心といっしょに体のバランスもくずれて、体が『調子が悪いよ！』って悲鳴をあげる」

「うれしくても？」

「そうだね、うれしすぎても眠れなくなったりするからね」

「うん！」

「インゴ、『うん』じゃなくて『はい』でしょ？」

横から割って入ったインディの言葉にインゴが口をとがらせると、ドクター・ジャンガルワラはこう言いました。

「いいんだよ、インディ。インゴの話し方、わしはインゴらしくてかわいいと感じているよ」

「でも……」

「インディはインディ、インゴはインゴ。インゴもインディもロボットみたいに同じだったらつまらんよ。ふたりとも、おたがいのやることや言うことをもっと楽しめたらいいね」

「はい、先生。ごめんね、インゴ」

蚊の鳴くような声であやまるインディに、インゴはパチッとウインクを返しました。

「そうだよ。全然ちがうふたりが仲良くすれば、ふたり分の幸せに包まれる」

「うん」

「地球の上でもだね、まったく性質のちがう『風』と『火』と『水』が仲良くバランス良く存在していれば、わしらは豊かでおだやかな生活が送れる。

でも、一度そのバランスがくずれてしまえば『嵐』、『山火事』、『洪水』が起こる」

「ボクは嵐の夜の音がとっても怖くて、眠れなくなっちゃう」

「私も」

「わしらの心や体も人間と同じで、何かが起こってバランスをくずすと、助けてくれと悲鳴をあげる。それが熱だったり痛みだったりするわけだ」

「じゃあ、もう一度、バランスを上手にとり直してあげればいいんだわ！　そうでしょ、先生？」

「ほほう。インディはかしこいね」

ドクター・ジャンガルワラにほめられて得意げなインディのとなりで、ふたごのインゴも胸をはりました。

「そこでだ、この三本の茶色いビンの話にもどろう。それぞれのビンの中には、性質のちがう三つの果物をかんそうさせて粉にしたものが入っておる」

ドクター・ジャンガルワラはそう言うと、机の上に置かれた三本の茶色いビンの中の一本をつまみ上げました。

「これは『アマラキ』という果物。

インドでは、ヒンズー語で『看護師のハーブ』と呼ばれている。

小さく丸い黄緑色の果物だ。

これには、熱を冷ましたり、痛みの元の炎症をしずめたり、傷をいやしたりする力があるんだ。

わしらの持つ『火』のエネルギーの調整をしてくれる」

「ふうん」

インゴは、机にほおづえをついてそのビンを見つめました。

「次は『ハリタキ』という果物だ」

ドクター・ジャンガルワラは、もう一本の茶色いビンをふってみせました。

「これは、チベットで『薬の王様』と呼ばれている。

理由はね、薬師如来という仏様の絵をよく見るとわかるんだが、その手のひらにのせられた黄緑色で小さい洋ナシのような果物がハリタキなんだな。

その昔、おしゃか様の激しい腹痛を救ったのも、この果物だといわれている」

「おしゃか様でも、お腹が痛くなっちゃうのねえ」

インディが、ため息まじりに言いました。

「そうだね。おしゃか様だって、はじめから聖人だったわけではないからね。ご自分で、全てのエネルギーのバランスを取れるようになるまでは、いろいろご苦労されたと思う。

そのご苦労に力を貸したのが『ハリタキ』だ。

『ハリタキ』はわしらの持つ『風』のエネルギーの調整をしてくれる。

体を温め、心臓や脳、舌や耳や目の感覚を強くしてくれる。

不思議なことにね、ウンチがなかなか出ない時は、苦しまずに出す手伝いをしてくれるし、逆に下痢してしまっている時は優しく止めてくれる」

「ボクはね、ウンチが出なくてお腹が痛いんだよ！

インディはね、トイレがいそがしいの！」

「でもね、その原因は同じだったりするんだよ」

「心と体のバランスがくずれちゃったのね」

「そうだよ。もっとも、体の不調の原因は、ウイルスやら何やら、外からしのびこんでくるやっかいなものも多いがね」

ドクター・ジャンガルワラは、うなずきながら三本目の茶色いビンをつまみました。

「最後のこれは『ビビタキ』という果物の粉だよ。

これはサンスクリット語で『病気をよせつけない果物』という意味がある。

茶色っぽいオリーブのような形の果物で、血液をきれいにしたり、骨の健康にも役に立つ。体から毒素を出す手伝いもしてくれる。

『ビビタキ』は、わしらの持つ『水』のエネルギーのバランスを調整してくれるんだ」

マーニは、ベッドの上でドクター・ジャンガルワラの話に耳をかたむけています。

「そして……」

そう言って、ドクター・ジャンガルワラは、少し大きい茶色いビンのふたを開けました。

「この三つの果物の粉をこうして等分にまぜると『トリファラ』という薬ができる。

『トリ』は三つ、『ファラ』は果物という意味だ。

インドではね、お母さんのように人々を守っているんだよ」

「その三つの果物はおいしい？」

インゴが首をかしげて聞きました。

「あはは、そこかい？　いや、すっぱかったり苦かったりで、まずいなんてもんじゃない！」

「ふうん。ボクは甘いモモが大好きだよ。だから、すっぱくて苦い果物なんてちょっとかじってペッてしちゃうかも。

そのまずい果物をちゃんと食べて、どんな効果があるかを調べた人って勇気あるね」

「あははは！　インゴと話をするのはゆかいだねえ。

この三つの果物の魔法はね、何千年も前の昔に、アーユルヴェーダの神様が、賢者たちにその効き目を伝えたと言われているんだよ」

「ああ、『ギー』を教えてくれた神様ね？」

「そうだよ。よく覚えていて良い子だ」

「ボクも覚えているよ！」

「インゴも良い子だね」

インゴはドクターにほめられて、小さくとび上がりました。

「アーユルヴェーダって、その神様の名前？」

「そうじゃないよ、インゴ。

その言葉は、サンスクリット語で『生命の真理』っていう意味だよ。神様がわしらに伝えてくださる知識のことだよ」

「それが、今、何千年もあとに生まれてきた私たちにも伝えられているのね」

インディが注意深く『トリファラ』の入った茶色いビンにふれました。

「さあ、インゴとインディにも少し飲ませてあげよう。ちょっとまずいけど、がまんするんだよ。

これで、明日はお腹の調子も良くなって元気になる」

「まずいの飲むの？　ボクも？」

「インゴ、赤ちゃんみたいなこと言わないの！」

インゴは、またインディにしかられてしまいました。

「聞いただけだもん。飲まないなんて言ってないよ」

「わかったわ、インゴ。じゃあ、いただきましょう」

ふたりは、小さいスプーンでトリファラをすくい、口に入れ、水でお腹に流しこみました。

「口の中にまずい粉がベタベタくっついちゃったよお」

インゴが顔をしかめました。

「しくじったのかね、インゴ。これはサッと飲まなきゃいかんのだよ。ははは、ほら、あとでハチミツをなめてごらん」

ドクター・ジャンガルワラはそう言うと、小さい茶色のビンにサラサラとトリファラを入れ、インゴとインディに一本ずつ手わたしてくれました。

インゴとインディがヒラヒラと手をふって出ていってしまうと、保健室には静けさがもどりました。

その時、それまで三人のやりとりをベッドの上で夢見心地でながめていたマー

ニは、ひざをかかえながらドクター・ジャンガルワラに話しかけてみました。

「あの、先生……カーチャとエミーにもその不思議な果物の粉をもらえますか？

ふたりともお腹が痛くなっちゃったんです」

「ああ、マーニ。大丈夫。あとはサラ先生がめんどうを見てくれるよ。

ひょうひょうとしたカーチャと、情熱的なエミーと、おっとりしているマーニは、まるで『風』と『火』と『水』のような組み合わせだねえ」

「先生は私たちのことをたくさん知っているの？」

「ははは、三人のことは、校長先生と同じくらいよく知っているよ。

まったくちがう性質を持った三人だがね、その三人が、おたがいが持つすばらしい力を理解しあえれば、『トリファラ』という三つの果物の魔法が生まれたように、すばらしいきずなが生まれるよ。そして、ひとりでいるよりずっと豊かな時間をすごせるようになるし、まわりの人たちも幸せに巻きこめる」

「三人だから三倍ね！」

「いや、百倍かもしれんぞ。

ほら、サラ先生の足音が聞こえてくる。

じゃあ、いつかまた話をするとしよう」

木のドアをコツコツとノックして入ってきたサラ先生と目が合ったしゅんかん、マーニはハッとしてドクター・ジャンガルワラのイスに目をやりましたが、ドクター・ジャンガルワラは元の人形の姿(すがた)で机(つくえ)の上に立っていました。

「さあさ、三人とも教室にもどれるかしら？

風が強くなってきたから、キャンプファイヤーは切りあげて、教室でゲームをすることにしたのよ」

その先生の声が聞こえたのか、カーチャとエミーにかかっていた羽ぶとんがモコモコと動きだしました。

「あっれえ？　あたし、眠くもなかったのに寝ていたのかな？」

そう言うカーチャに続いて、エミーもベッドから出てきました。

「私もよ。ずっと夢を見ていたみたい！」

「ふたりとも、お腹の具合はどうかしら？」

「あたしね、イヤな気持ちかかえて、無理にヒヨコ豆とベーコンのスープをお腹につめこんだら、胃のあたりが石みたいに感じたんだけど、少し良くなった気がする」

カーチャが、胃のあたりを手でさすりながら答えました。

「私は、カッカしながらよくかまないで食べたら、お腹がパンパンにふくらんだみたいになっちゃって……食事中にオナラなんて出ちゃったら、もう生きていけないって思ったわ」

きどったエミーの口から「オナラ」なんて言葉がとびだしたのがおかしくて、

カーチャも笑いだしました。

それを見たエミーも、つられて笑いだします。

「もう大丈夫ね。食べものに感謝することそっちのけで、イライラしたりカッカしたりしながら食事をすれば、ちゃんと消化はされないわね。お腹を少し助けてあげましょう」

サラ先生は、そう話しながら薬棚から茶色いガラスのビンを取りだしました。

「あ！　『トリファラ』」

カーチャとエミーが、同時にはじけたように声をあげました。

「あら、よく知っているのね、ふたりとも」

感心する先生をよそに、カーチャとエミーは、まじまじとおたがいに見つめ合っています。

「カーチャ、なんで知ってたの？」

「エミーは？」

エミーは、ただ不思議そうに何かを思いだそうとしている様子です。

「ねえ、カーチャ、エミー、もしかしたらふたりとも同じベッドで同じ夢を見ていたのかもよ」

マーニが人さし指を立ててそういうと、ふたりはおでことおでこをくっつけてクックと笑いだしました。

カーチャとエミーが、トリファラを口にするなり顔をしかめると、サラ先生が窓の外を見ながら言いました。

「今日は、キャンプファイアーに参加できなくて残念だったわね。

でも、窓から空を見あげてごらんなさい。風が雲を連れさってくれたから、お星様がとてもきれいよ。

さあ、もう七時になるわ。教室に行きましょう」

みんなが去って、シンと静まりかえった保健室では、ドクター・ジャンガルワラが、ラジオから流れ出てくるような星たちのおしゃべりに耳をかたむけ始めました。

3　三人の女の子と、ひとりぼっちの女の子

三人がサラ先生と教室にもどると、机や寝袋は、かべぎわに押しつけるように片づけられていて、そのかわり、教室の真ん中は広い空間になっていました。

「じゃあみなさん、床にすわってください。

悪いけど、羊の毛皮はイスにかけたままにしておいてね。今、床にしくとつまずいて危ないから」

サラ先生は、いったい何のゲームを始めるのでしょうか？

クラスが、期待で少しざわめきました。

「これを見たことある人いるかしら？」

先生の手には、カサコソと音がする赤や黄色や青い紙を切りばりして作られた大きい葉っぱのような形のものがありました。

「きれいな紙で何か作るんですか？」

エミーが手を挙げながら質問しましたが、先生は首を横にふりました。

「これはね、遠い日本で作られた昔のおもちゃよ」

「おもちゃ？」

今度は、エバンがすっとんきょうな声をあげました。

先生は、その葉っぱのような形に折りたたまれた紙を広げると、口を近づけ、フッと息を吹きこみました。

すると、そのカラフルでツヤのある紙はパーンとふくらんで、メロンのような形のボールになりました。

「わあ、マジックだあ！」

教室は明るい声に包(つつ)まれました。

「これは、紙風船っていうのよ。百年くらい前に、日本の漁村(ぎょそん)で女の人の手仕事として作られ始めたんだけれど、いろいろなおもちゃがあふれる今でもまだ売られているんですって。

ここにあるものは、校長先生が、春休みに、日本を旅行した時に買ってきてくださったおみやげよ。

たくさんあるけれど、とてもこわれやすいものだから、大切にあつかってくださいね。

では、これからゲームの説明(せつめい)をします」

クラスのみんなは、サラ先生が両手でそっと持っている紙風船を見つめながら、ゲームのルールに耳をかたむけます。

「紙風船のゲームはいろいろ考えられるけれど、バレーボールやドッジボールとはちがって、相手に強く打ちこんだり投げたりするゲームには向かないわね。だから、今日のゲームは、少しでも多い回数、チームメイトと紙風船を打ちあうことができたチームが優勝よ。思いやりが強さに変わるゲームです」

「おもしろそうね！」

エミーが、カーチャにささやきました。

「紙風船が下に落ちてしまった時と、ひとりが二回以上続けて打ってしまった時にカウントは止まります。どのグループが一番たくさんカウントできるか、楽しみね」

「ゲームの前に練習の時間はありますか？」

ブラッドリーが先生に聞きました。

「そうね、十分間練習の時間をあげましょう」

サラ先生はそう言うと、四人ずつのグループを作り始めました。

「じゃあ次は、カーチャ、スーザン……」

先生がここまで言うと、カーチャの表情がサッとくもりました。

「それから、エミー、マーニの四人ね」

サラ先生はほほえみますが、カーチャはおもしろくなさそうです。

「じゃ、どこかで練習しない？」

エミーは、紙風船をフッとふくらませて両手の中で遊ばせると、三人に声をかけました。

四人は、ちょうど良い場所を見つけると、さっそく練習を始めました。

はじめは強く打ちすぎて紙風船がしぼんでしまったり、上からたたいて相手が取れなかったりしましたが、だんだんやり方がわかってきました。

でも、運動が苦手なスーザンのところに紙風船がとぶと、そこでカウントは止まってしまいます。スーザンが、上手(じょうず)にタイミングを合わせられないからです。

「ご、ごめん」

失敗(しっぱい)するたびに、スーザンはくぐもった声で、誰(だれ)とも目を合わせずにあやまります。

そんなスーザンにモヤモヤしているカーチャは、スーザンのところに紙風船がとぶと、ヒラリと彼女(かのじょ)の前に出てそれを打ちかえすようになりました。

「カーチャは意地悪(いじわる)ね。私(わたし)を助けるふりして横取りするんだから」

スーザンがボソっと言いました。

「え！　だって続(つづ)かないと負けなんだよ。だから続けないといけないじゃん」

カーチャも負けていません。

「カーチャの言うことは、いつだって正しいけどさ」

「けど、何？」

「自分勝手で優しくない」

スーザンは、今度は、ハッキリとカーチャの目を見て言いました。

「何それ？」

「ほらほら、ふたりとも、ちゃんと練習しないと十分なんてあっという間よ」

エミーは、カーチャとスーザンの険悪なムードにおかまいなく、得意げに自分のアイディアを話し始めました。

「私、思うんだけど、スーザンの所に紙風船がとんだ時は、タイミングをうまく合わせられるように、みんなで声をかけてあげればいいのよ。

あと、スーザンは、はじめの一歩が遅いから紙風船を高く打てないの。だから、次の人が打ちにくい」

カーチャが大きくうなずきました。

「カーチャはすばしこいから、そんな低い位置に上がった紙風船を、もう一度高く上げなおす係になればいいと思うの」

「う、うん」

「あと、マーニね」

「え？　私？」

「そう。マーニはへたっぴいじゃないけど、自分の所に紙風船がまいこむと、ていねいにチームメイトにつなぐことより、少しでも早く自分から遠ざけることだけを考えているでしょ？」

「だって……」

「紙風船は、ババぬきのババじゃないのよ」

エミーは笑いながら言いました。

「じゃあ、エミー、あんたは？」

カーチャがエミーにつっかかります。

「私は、カーチャみたいに運動は得意じゃないけど、誰かのを横取りしたり、誰かに押しつけたりはしていないわ」

そんなエミーの言葉に、みんなは静かになりました。

ちょうどその時、子どもたちを集める先生の声がしました。

四人が教室にもどると、ひとグループずつ、何回続けて紙風船を打てるかのゲームが始まりました。

はじめはブラッドリーのグループですが、男の子ふたりと元気な女の子ふたりで、みんながバレーボールのスパイクのように打ちあうので、紙風船はあっという間に破れてしまいました。たったの二十七回でおしまいです。

次は、セスと元気な男の子たちのグループです。どう考えても、このグループが一番強そうです。

でも、四人があらそって、ほかの子の所にきた紙風船まで打とうとするので、チームはバラバラで、三十八回目に紙風船は床(ゆか)に落ちてしまいました。

それを見ながら、エミーはカーチャの方を向きました。

カーチャは「うん」とうなずいて、白い歯を見せました。

マーニはスーザンを見やりました。

スーザンは、ニコリと笑顔(えがお)を作るわけでもなく、おもしろくなさそうにしていますが、両腕(りょううで)でかかえたひざは、ついたりはなれたり落ちつきなく動いています。

「ね、ただのゲームだもん。楽しくやろうね」

マーニがスーザンにかけた声に、カーチャとエミーもふりかえりました。

それは、四人がはじめておたがいの顔を見てほほえみ合ったしゅんかんでした。

さあ、マーニたちの番がやってきました。

まず、カーチャがパンッとかわいた音を立てると、紙風船はフワリフワリとマーニの前に下(お)りてきました。

マーニはあわてずに、一度スーザンの方を見てから、紙風船を下からすくい上げるように打ちました。

「はあい、スーザン！」

エミーが声かけをします。

「下から、ワン、ツー、スリー！」

カーチャも声をかけました。

スーザンが、その紙風船をぎこちなくエミーの方へ打ちあげると、「その調子（ちょうし）！　いいよ、スーザン！」と、またカーチャのかけ声がひびきます。

おたがいに声をかけ合いながら、マーニのグループは百回を超（こ）えました。

クラスのみんなも、このグループがどこまでいけるか、立ちあがって見ています。

百二十回を数え、カーチャが打った紙風船は、もう半分空気がぬけていましたが、それでも天井高く上がりました。

それを見あげながら手をのばしたスーザンは、ドタリと尻もちをついてしまいました。

紙風船は、そんなスーザンのうしろにパサリと落ちました。

自分が立てた大きな音に、下を向いたまま顔を赤らめているスーザンに、手をさし出したのはカーチャでした。

「あはは。楽しかったね、スーザン」

カーチャは、そっとにぎり返された手をひっぱってスーザンを立たせると、そう言ってうれしそうに笑（わら）いました。


紙風船のゲームが終わると、サラ先生は、教室の床（ゆか）の上にたくさんの色鉛筆（えんぴつ）が入った大きい箱を置（お）き、クラスのみんなに緑色の表紙のノートを配りました。

「はい、みなさん、楽しいゲームの時間はおしまいです。寝袋（ねぶくろ）に入って眠（ねむ）る前に、少しだけ静（しず）かな時間をすごしましょう」

先生は、水をはった小さなおさらの中に、リラックスの効果（こうか）があるラベンダーのオイルを数滴たらすと、それをロウソクの火で温め始めました。

「この箱の中から好きな色鉛筆を一本選んで、緑色の表紙のノートに今日楽しかったことやうれしかったことを書いてください。消しゴムでは消せないから、よく考えてから書きましょうね」

子どもたちは自分の色鉛筆を選ぶと、思い思いに腹ばいになったり、あぐらをかいたり、ひざを立ててすわりながら、一日を静かにふりかえりました。

エミーの手の中では、オレンジの色鉛筆が動いています。

「お料理の時も、紙風船のゲームの時も、リーダーシップを発揮することができて楽しかったです。

自分だけじゃなくて、みんなを楽しくさせてあげられました♡」

そんなエミーのノートをチラ見したカーチャはククッと笑うと、エミーの肩をつっつきました。

カーチャは、深緑色の色鉛筆を時々クルクルとまわしながら書きおえました。

「絶対に仲良くなれないと思っていたクラスメイトと、楽しくゲームができた。友達が増えてうれしい」

マーニの手には、水色の色鉛筆がにぎられていました。

「仲良しの輪の中に、新しいお友達が入ってうれしかったです。ひとりでは新しいお友達を作ることができなくても、カーチャとエミーと三人でならできると思いました」

スーザンは、ピンクの色鉛筆を選びました。

「今日は参加したくありませんでした。きっと、ひとりぼっちでみじめな思いをすると思っていました。

でも、友達にさし出された手をにぎる勇気が出ました。紙風船のゲームが楽しかったです」

クラスのみんながノートを閉じ始めると、サラ先生がパンパンと手をたたきました。

「では、女子は歯みがきをして、そのあいだに男子はパジャマに着がえてください。

そのあと、女子はパジャマに着がえて、男子は歯みがきね。

歯みがきの時、トイレも忘れないように！

そして、準備ができた人から寝袋に入りましょう」

子どもたちが次々と寝袋にもぐり始めたころ、教室はラベンダーの優しい香りにすっぽりと包まれていました。

サラ先生は、緑色の表紙のノートを集め、明かりを消すと静かに言いました。

「お友達に囲まれて、安心しておやすみなさい。いい夢を見てね」

4　夢の中の約束

ぬくぬくと温かい寝袋の中で眠っているマーニの耳元で、カサコソと布がこすれる音がしています。

マーニは、夢うつつの中で耳をすましました。

「ねえ、マーニ」

「え？　誰？」

「せっかく学校でおとまりしてるんだからさ、ボクたちとおしゃべりしようよ」

「インゴね？　でも、おしゃべりなんかしたら、みんなを起こしちゃう」

「大丈夫さ。心の声でおしゃべりすればいいよ」

「どうやって？」

「今やっているみたいによ、マーニ」

インディはクスリと笑いました。

「今日は、いろんなことがあったわね」

インディが、マーニの栗色の髪の毛を指先でいじりながら、小さいため息をつきました。

「ケンカしちゃったり、おなか痛くなっちゃったり、さんざんだったよね」

インゴが、おどけた顔でわざとうなだれて見せました。

「でもね、私、紙風船のゲームで、みんなともっと仲良くなれた感じがしたの。だから、うれしい日だったと思うな」

「そうね、マーニ。インゴと私も同じよ。

インゴと私はふたごなんだけど、性格は全然ちがうのよ。インゴには勇気があるの。それにとっても優しいの。そういう良いところは、私だってわかっていたつもりよ。

でもね、ひっこしとかでいそがしくなってきたら、インゴのダメなところばかりに目がいって、私ならそんなふうにしないって思ってイライラしたり、それで……」

「意地悪言ったりしちゃったんだよね」

インゴに言葉尻を取られて、インディはいっしゅんキッとした目をしましたが、ため息をひとつつくと「そうなのよ」と、首をすくめました。

「保健室でドクター・ジャンガルワラから三つの果物のお話を聞いてね、私とインゴもおたがいの良いところをわかり合って、ささえあって、みんなの役に立たなきゃいけないわって反省したの」

「うん。仲良く手をつなぐと、魔法が生まれるんだ」

「すてきね」

「うん、マーニ。ほら、あれと同じさ」

「あれって？」

「マーニが、体育の時間に、歩いたり、落っこちて泣いたりする細い橋みたいなやつ」

「インゴ！　そういう言い方はマーニに失礼でしょ？」

「大丈夫よ、インゴ。あれはね、平均台っていうの。足のはばしかない板の上をまっすぐに歩かなくちゃいけないから怖いのよ」

「おもしろそうだけどなあ」

「だって、高い場所を歩くから、落ちる時がとっても怖いのよ」

「知ってる。マーニったら、すごい顔してふるえながら歩くんだもん」

「す、すごい顔？　私？」

「そうだよ。あはは」

「インゴ！　悪い子ね」

「あ、ごめんね、マーニ。また、インディにしかられちゃったよ」

「で、インゴは、どうして平均台の話なんてひっぱり出してきたの？」

インディが小首をかしげます。

「ボク、思ったんだ。あの上を歩く時、床を歩く誰かに手をつないでもらえばいいんだよね。手をつなぐとね、バランスが取れると思うんだ。右側だけでもいいんだけどね、左側でも誰かが手をつないでくれたら、すっごく安心してドンドン歩けちゃうと思うんだ」

「そうね、インゴ」

インディが、パチッと手をたたきました。

「手をつなぐとね、体のバランスが取れて安心して歩けるように、心がつながるとね、守られてる感じで安心できると思うのさ」

インディはうなずいて、インゴの肩をポンとたたきました。

「そうね！　お友達と、心の中でも手をつなぐのね」

マーニが考えながら言いました。そして、その言葉をもう一度くり返そうとした時、マーニの寝袋に朝の光がさしこんできました。


マーニが、朝日でキラキラしている教室で目を覚まし、ふと黒板を見ると、赤いビロードの幕のはしが、少しだけめくれ上がっていました。

きっと、あそこから、ふたりは黒板の中にもどっていったのでしょう。

寝袋を丸めて、机やイスを元の位置にもどすと、朝ごはんの時間です。

「きのう、スープを作ったかまどのところで、校長先生がパンを焼く準備をしてくださっています。

パンが焼けたら、バターとジャムとハチミツは、自分で好みのものをぬってください。

飲みものは、となりの牧場からしぼりたての牛乳が届いています」

サラ先生がそう言うと、子どもたちの中から歓声があがりました。

みんな、しぼりたての牛乳が、どんなに甘くてこっくりしているかを知っているのです。

オレンジジュースを飲みたい人は、バスケットに入っているオレンジをナイフでふたつに切って、そこにあるしぼり器で、自分でコップの中に果汁をしぼってください。

マーニは、ライ麦のパンを手に取ると、かまどの網の上に置きました。

「ほう、マーニはライ麦パンが好きなのかい？」

校長先生が、おどろいたように聞きました。

「きらいだったんですけど、おばあちゃんがランチボックスの中に入れてくれて、それからちょっと好きになったんです」

「そうかい。こんがり焼けたライ麦パンには、バターとたっぷりのハチミツがうまい」

「はい！」

マーニが、ライ麦パンのトーストをのせたおさらと、牛乳を注いだコップを持ってプラタナスの木の下に向かうと、イチゴジャムをぬった白パンのトーストをほおばるカーチャと、アンズジャムをぬったカボチャの種入りパンのトーストをほおばるエミーが「こっちこっち！」と、手まねきしています。

マーニは、ふたりにならって、木の下の草の上に足を投げだしてすわりました。

そして、トーストの上で温かく溶けだしたバターとハチミツを舌の先でちょっとなめて顔を上げた時、スーザンの姿が目にとまりました。

スーザンは、トーストをのせたおさらとオレンジジュースのコップを持って、ひとりで立ちすくんでいました。

マーニは、だまってカーチャとエミーを見やりました。

「ここにおいでよ！」

迷いもせずにさけんだのはカーチャでした。

エミーも声をかけます。

「こっちにいらっしゃいよお」

声がのどでひっかかってしまっているマーニは、笑顔で手をふりました。

スーザンは、おずおずと三人の近くまで来ると、どさっと草の上にすわりました。

「あんたのトースト、何味？」

カーチャは、いつもと変わらぬ調子で話しかけます。

「私は、木の実が入ったパンを焼いてもらって、バターだけつけてきたの。ほら、オレンジジュースに甘いジャムは合わないからさ」

「グルメな感じじね。私も二枚目はそうしようっと」

エミーはそう言うと、もう一度校長先生の所に走っていきました。

「マーニは、ライ麦パンなんだね？」

スーザンが、マーニの黒いパンをのぞきこみました。

「うん」

「マーニは、白くてフワフワなパンが好きなんだと思ってたよ。だって、マーニ、たしか、去年は黒くてボソボソのパンはきらいだって言ってたよね？」

「うん。でもね、ライ麦パンには栄養がたくさんあるんだって、パパが教えてくれたの。それで、がんばって食べているうちに、よくかむとジワっとおいしいなって」

「ふうん、そうなんだ。じゃあ、私も二枚目はマーニのまねしてみるよ」

スーザンがそう言って立ちあがると、カーチャも「あたしも！」といっしょに立ちあがりました。

マーニは、朝の光が葉っぱのあいだからこぼれ落ちてくる静かな場所で、もうひと口ライ麦パンのトーストをほおばりました。ライ麦のほんのりとしたすっぱさが、ハチミツの甘さと、バターの豊かな香りを引きたて、マーニの口の中も幸せでいっぱいになりました。

その日の午後、マーニは、息を切らしながらまっすぐうちに帰りました。

そうです！　大好きなパパが外国からもどっているはずなのです。

「ただいまあ！　パパいる？　帰ってる？」

マーニは、玄関のドアを開けると荷物を放りだし、真っ先にパパの仕事部屋に行きました。

きっちり閉まったドアの向こうからは、クラシック音楽が聞こえてきます。

マーニは、ドアをノックするのももどかしく、いきおい良く部屋の中にとびこみました。

静かに目を閉じてイスに背中をあずけていたパパは、いっしゅん大きく目を見開くと、マーニに笑顔を向けました。

「おかえり、マーニ。元気にしてたかい？」

「うん、パパ！」

マーニは、そう言うなりパパにとびつきました。

「あははは。パパのプリンセスは、いつまでたっても赤ちゃんだ」

「赤ちゃんじゃないもん。小学校のおとまり会だってとっても楽しかったのよ。おうちに帰りたいなんて思わなかったんだから」

「ほう。それは成長したもんだな。じゃあ、パパに、おとまり会のことを聞かせてくれるかい？」

マーニは、音楽が流れるパパの仕事部屋で、古い革のイスに腰かけました。

小さいテーブルの上には、カモミールのお茶とラズベリーとホワイトチョコレートのマフィンが置かれています。

ティーカップを手に取ったパパが言いました。

「さてと、久しぶりにマーニの楽しい話を聞かせてくれるかい？おとまり会はどうだった？」

「ふふふ、とっても心配でね、パパの寝袋を持っていったの。

でもね、新しいお友達もできて、とっても楽しかった。

ちょっと大人になった感じかな？」

「ちょっと大人になったのかあ」

パパは、うれしそうに目じりを下げています。

マーニは、宝物を箱の中から取りだすかのように、おとまり会の話を始めました。

「それでね、エミーは、このごろ自分のじまんばっかりで、それだけならいいんだけど、カーチャや私に上から目線でアドバイスしてきてね、私、それがちょっとイヤだった」

「そうか。エミーは、ようち園のころからおませさんでリーダー格だったからなあ」

「うん。でもね、紙風船のゲームをした時にわかったの。

エミーは、みんなのことをよく見ているなって。最初は、えばっているだけだと思ったんだけど、エミーの言っていることをちゃんと考えたら、私たちのグループのチームワークがすごく良くなったの。ゲームも一番になったのよ！」

「それはすごかったな。男の子たちがいるグループにも勝ったんだね」

「そうなの！」

「マーニは、リーダーになれる人ってどんな人だと思うかい？」

「え？　強くって、頭が良くって、みんなをグイグイひっぱっていける感じの人？」

「それも大事だな。でもね、パパは、グループの良いところや悪いところ、強いところや弱いところをわかって、みんなのバランスを取ってあげられる人がリーダーだといいなって思うんだ」

「バランス？」

「そう、ドクター・ジャンガルワラが、保健室でマーニに教えてくれたように、心も体もバランスが取れていれば、簡単に病気をよせつけない。人のグループもそうじゃないかい？」

「うん」

「性格も能力もちがうひとりひとりの良いところを引きだして、結びつけて、うまくバランスを取ることができたら、そのグループは最強のパフォーマンスができると思うんだな」

「そうね」

マーニは、パンパンと続いていく紙風船のリレーを思いだしていました。

「今、ここに流れている音楽もそうさ。リーダーである指揮者によって、全ての楽器の音色と音の強弱と速さのバランスが取られているんだよ」

「音楽もバランスが大事なのね」

「音楽にも、人にも、自然にも『バランス』は大切だね。マーニは、おとまり会で大切なことを学んできたんだね」

「そうかな？」

「それで、インゴとインディは仲直りしたのかな？」

「インディが、インゴの悪いところばかり見てて悪かったって」

「そうかい。相手の良いところを知ることは、心をつなぐためのすてきな努力だ」

「心が友達とつながっていれば、誰かと手をつなぐと平均台の上をバランス良く歩けるように、安心して生きていけるって、インゴが言ってたわ」

「インゴが？」

パパが静かに目を閉じて、何かを考え始めたので、マーニはマフィンを手に、そっとその部屋を出ました。

その日の夜、おばあちゃんも呼んで楽しい晩ごはんを終えると、マーニはベッドにもぐりこみました。

やっぱり寝袋より寝心地が良くて、マーニはすぐに眠りに落ちていきました。

「もう寝ちゃったの？」

「え？　その声はインゴね？　どこにいるの？」

「えへへ、マーニの夢の中だよ」

「ひとりで来たの？」

「うん。インディは、今、ボクがインクをこぼしちゃったズボンを洗っているよ」

「手伝わなくてもいいの？」

「手伝わないほうがいいらしいよ。ひとりで遊んできてってたのまれたんだ」

「じゃまってことね。あはは」

「笑わないでよ」

「わかった。ごめんね」

「大丈夫さ。ねえ、マーニ、ボク、わかったんだ。マーニとカーチャとエミーは、まわりの人たちを幸せにできる三人組なんだね。スーザンの笑顔を見た？」

「うん」

「幸せな笑顔だったよね。地球上の子どもたちがみんな、いつもあんなふうに笑顔を作れるように、ボクとインディとそれからマーニもがんばろうね」

「インゴと、インディと……それに私？」

「そうだよ。マーニはまだ気づかないの？　ボクたちも特別な三人組さ。ボクたちがガッチリ心をつなぎ合えば、きっとたくさんのすてきなことができるんだ。だから、約束しようよ」

「何の約束？」

「『ずっといっしょにいよう』って、約束だよ」

夜もふけ、ママがマーニのベッドルームをのぞいた時、マーニは、かわいい笑顔でスースーと寝息を立てていました。

5　怖（こわ）かった日

夏休みも終わり、また学校が始まりました。

最初（さいしょ）の週は、夏休みの楽しかった思い出の発表などで、楽しい時間が流れました。

ところが、金曜日になると、テレビやラジオから緊迫（きんぱく）した天気予報（てんきよほう）が流れ始めました。

土曜日の夕方、マーニは、おばあちゃんといっしょに留守番（るすばん）をしていました。

パパは先週スイスに旅立ってしまい、ママは今日は診療所（しんりょうじょ）で働（はたら）いているので、夜も、ふだんはおとなりに住んでいるおばあちゃんが、マーニの所に来てくれることになっているのですが、マーニは不安です。

激しく吹く風で窓にたたきつけられる雨は、長グツをはいたマーニと遊んでくれる優しい雨粒とはちがいます。

ラジオから三十分おきに流れてくる嵐の予報を現実にするかのように、灰色だった空が闇におおわれ始めたころ、丘と丘とが重なりあう暗闇に、とつぜん強烈な光がつきささりました。

それとほぼ同時に、地面が破壊されるような爆音がひびきわたります。

「お、おばあちゃん……」

窓辺で外の様子をながめていたマーニは、ソファにすわっているおばあちゃんの腕にしがみつきました。

「なんだね、マーニ。そんないきおいでとびつかれたら、こっちがびっくりだよ」

おばあちゃんは笑いながら、温かいミルクティーが入ったカップをテーブルに置きました。

「これは近かったね」

「何が？」

「カミナリが落ちた場所だよ」

「そんなあ」

「閃光が走ってからドカンと音が鳴りひびくまでの時間差が長ければ、カミナリが遠くに落ちたことになるんだよ」

「じゃあ、今のカミナリは、うちの近くに落ちたってこと？」

「近いっていったって、うちの前に落ちたわけじゃないから、安心しなさい」

「ねえ、なんでこんな日に、うちにはパパもママもいてくれないの？」

なみだ目でうったえるマーニの背中を優しくさすりながら、おばあちゃんは答えます。

「ふたりとも、こんな嵐の中を帰ってきたら危ない。今は、みんながそれぞれ安全な場所にいた方がいいってことだよ。それにね、パパとママがいたって、この風と雨の強さは変わるもんじゃない」

「そんなこと言ったって……」

「今、マーニを守ってくれているのは、おじいちゃんがたててくれたこの家だよ」

「おじいちゃんが守ってくれてるの？」

「そうだよ。天国にいたって、ちゃんと守ってくれているよ」

「うん。でも、やっぱり怖いよ、おばあちゃん」

「怖い怖いと思っているのはマーニの心だよ。怖いという気持ちを大きくさせているのはマーニなんだよ。わかるかい？」

「私が、私を怖がらせているの？」

「今、何が起こっているのかを頭がわかっていればいい。心がさわいでいれば、頭はきちんと働かないだろ？」

そう言い聞かせるおばあちゃんの目は、優しくマーニを見つめていました。

「さあ、マーニ、こんな日は停電になりやすいんだ。今のうちに、家の中にあるだけのロウソクをここに持ってきておくれ」

マーニは小さくうなずくと、ソファからとびおり、バスルームに走りました。

バスタブのわきにある木の台の上には、ミツロウにバラのオイルをまぜて作った太くてずんぐりしたロウソクが三本置かれています。

ママは疲れて帰ってくると、電気をつけずに、そのロウソクたちに火をともしてゆっくりお湯につかるのをマーニは知っています。

こいピンクと、あわいピンクと白がまじった色のロウソク三本を、両手で持ちきれないマーニは、近くにあったカゴに入れました。

マーニは、次にパパとママの部屋に行くと、ベッドサイドテーブルの上にあったむらさき色のボールのような形をしたロウソクをカゴに放りこみました。

このロウソクは、ラベンダーのはなやかな香（かお）りがします。

次は、パパの仕事部屋です。

ここには勝手に入ってはいけないことになっているのですが、今日は特別（とくべつ）です。

マーニはドアを開けました。

コーヒーテーブルの上には、マーニの思ったとおり、レモンの香りのするロウソクがありました。

それは、大きなグラスに入ったレモン色のロウソクです。

マーニが鼻を近づけると、さわやかな香りがしました。

おばあちゃんは、カゴの中からバラのロウソクを取りだすと言いました。

「バラの香りは疲れた心や不安を優しく包んでくれるよ。自信がない時やさびしい時、悲しくなるだろう？　そんな心に元気を取りもどしてくれる。覚えておくといいね」

「うん」

「ラベンダーの香りは、心配があってざわつく心を落ちつかせてくれる」

「カモミールにちょっとにているのね」

「そうだね。そうだ、温かいカモミールのお茶をいれようかね」

「うん。ビスケットもね」

「晩ごはんが食べられなくなるといけないから、少しだけおあがり」

「うん。それとね、パパのレモンの香りのロウソクのことも教えて」

「マーニはどう思う？」

「うーん？　さっぱりするのかなあ？」

「そのとおり。気持ちがさっぱりして、考えごとに集中できるんだよ」

「だから、パパは、お仕事の部屋にレモンの香りを置くのね」

　そう言って、マーニがひと息つくと同時に、窓の外に太く長い閃光が走り、次のしゅんかん「ガラガラドカーン」と、地面が破壊されたような音がひびきわたりました。

「お、おばあちゃん」

　マーニはおばあちゃんにだきつこうとしましたが、とつぜんうす闇に包まれた部屋で、おばあちゃんの顔もぼやけます。

「停電だね。嵐に停電はつきものさ。真っ暗になる前にロウソクをつけようね。

　ふふふ。怖がりのマーニには、バラのロウソクがいいかな？」

「私、怖がりなんかじゃないもん」

「そうだった、そうだったね」

おばあちゃんは、笑いをこらえるようにそう言うと、バラのロウソクに火をともしました。

ロウソクからゆらゆらと立ちのぼる煙は優しく香ります。バラが咲きほこる公園のベンチにいるようです。マーニがしばらくうっとりと目を閉じていると、目の前にスープが入ったボウルとスプーンが置かれていました。

「チキンとジャガイモとスイートコーンを煮こんだよ。うんとおあがり。夜は長くなりそうだから」

温まった体をパジャマで包み、マーニがベッドにもぐりこむと、おばあちゃんがバラのロウソクを机の上にともしてくれました。これで、部屋は優しい光と香りに包まれました。

でも、カミナリの爆音と、ビュービュー吹きあれる風の音がマーニを寝かせてはくれません。

窓の外では木が大暴れして、家がこわされてしまうような気もします。

ママとパパがいない時はしっかりしなくちゃ、おばあちゃんを助けてあげなきゃと思うマーニですが、手足は冷たくなり、小さく丸まっても体のふるえが止まりません。

となりの部屋に行って、おばあちゃんのベッドに入れてもらおうかなと思っても、怖くて体がガチガチになっていて、思うように動けません。

風の音も、雨の音もだんだん荒々しさを増しているようです。屋根や窓にたたきつけられる雨のひびきは、マーニの背中にも伝わってきます。すやすやと眠ることなんて、絶対にできそうにありません。

となりのおばあちゃんの部屋からは、ラジオの緊急放送の音がもれてきます。

こんな夜は、おばあちゃんだって、眠れないに決まっています。

どうして、おそろしい夜はこんなにも長いのでしょう？

朝になり、荒れくるっていた風が静かになると、屋根や窓をたたいていた雨も弱まってきました。

「マーニ、おはよう。もう大丈夫だよ」

おばあちゃんの声が、ドアの向こうから聞こえてきました。

ベッドの中でちぢこまって眠っていたマーニは、おそるおそるカーテンのすき間から外をながめてみました。

すると、灰色をまぜたような厚い雲、枝の折れた庭の木、なぎたおされた草花が目にとびこんできました。

マーニは、にげるように、キッチンにいるおばあちゃんの所に行きました。

「なんだね、マーニ？　けさは、まだ電気もガスももどっていないから、ビスケットにハチミツをつけておあがり。ミルクといっしょにね」

「ありがとう、おばあちゃん」

「学校も、これじゃ休みだろうね。道が川のようで歩けたもんじゃないからね」

「ママは、お仕事から帰ってこられるの？」

マーニの顔はくもります。

「ママは大丈夫。大きい車に乗っているからね」

と、言っているあいだに、玄関先でエンジンの音が止まると、ガチャリとドアが開きました。

「ただいま」

ママの声に、マーニは、ビスケットを手にしたまま泣きだしてしまいました。

あきれるおばあちゃんとママに何か言おうと思っても、マーニのなみだは止まりません。

「悲しいんじゃないの。怖いんじゃないの」

そんなマーニをだきしめると、ママは優しくキスしてくれました。

「そうね、マーニ。もう大丈夫なのよ」

休校になった学校の、四年生の教室では、何やら泣き声と笑い声がひびいています。

「なんで、なんで、ガラス窓が雨で割れちゃうの？　カーテンも、床も、黒板も、私たちのおふとんも全部ビショビショになっちゃって……」

泣いているのは、どうやらインディのようです。

「すぐにお日様がかわかしてくれるよ。あははは、それにしても、ビュービューバタバタって、すごかったよね、きのうの夜！」

元気な笑い声はインゴです。

「ちっともおかしくなんかないわ！」

「そうだね。もう、びっくりしちゃったよね。あはは」

「どうして、インゴはいつもそうなの？」

「え？」

「まじめに考えてよ！　私たち、すっごく怖い思いをしたのよ！」

「うん。だけどもう終わっちゃったからさ、怖いことはなくなっちゃったよ」

「あるわよ」

「どこに？」

インゴは、部屋の中をくるりと見まわしました。

「バカね、インゴ！」

「え？　ボクはバカじゃないもん。またインディの意地悪が始まった」

インゴに言いかえされて、インディは泣きだしてしまいました。

インディがなかなか泣きやまないので、インゴはお花を摘んできてあげようと思いましたが、外の草花は、なぎたおされてしまっています。

「メチャクチャになっちゃったよなあ」

インゴはひとり言を言うと、しばらく窓わくに腰かけて、マーニたちがいつも歩いてくる道をながめていましたが、急に立ちあがって、パチンと手をたたきました。

「あ、ボク、いいこと思いついちゃった」

インゴは元気に羽を広げると、一階にある保健室に向かいました。

大きな木のドアの前に立ち、ノックをしましたが、返事はありません。

インゴは、ドアを押してみました。

保健室には、雨風は吹きこまなかったようです。いつもと変わらず、ベッドには白い羽ぶとんがフワリとかけられ、机の上やガラスのとびらの薬棚の中は整頓されています。

校長先生が集めた外国の人形たちも、みんなすまして並んでいました。

「みんなは大丈夫だったんだね。良かったね」

インゴはガラスのとびらを開けると、人形たちに言いました。

そして、三角の白い帽子をかぶり、白いブラウスを着て、青いフレアスカートをはいた人形を見あげました。

「こんにちは。

ボクのこと知ってる？　ボクはインゴだよ」

すると、その人形は、目をパチクリさせて青いスカートをゆらしました。

「あら、私に話しかけてくれているの？

ええ、あなたのこともインディのこともよく知っているわよ。だって、あなたたち、よくここに遊びに来るじゃない？」

「あはは、たまにダメダメな感じになって来るんだよ。遊びにじゃないよ」

「そうなの？　じゃあ、今日も何か困(こま)ったことがあるの？」

インゴはうなずくと、口ぶえを吹(ふ)くようにビュービューと音を立てたり、机(つくえ)をバタバタたたいて雨の音を作ったりしながら、きのうの夜のことを話し始めました。

「ああ、インゴ。うるさいからやめてちょうだい。私(わたし)だってここにいたのよ。嵐(あらし)のことは知っているの」

「ごめん。また怖(こわ)くなっちゃった？」

「いいえ。怖くはないわ。インゴのせいで耳や頭が痛(いた)いだけ」

「そうだよね。もう終わっちゃったことは、怖くなんかないはずなんだよ。でもね、インディは、まだ怖くて泣(な)きべそかいてるからさ、ボク、お花をあげようと思ったんだ」

「すてきな思いつきね」

「でしょ？　でもね、外のお花はみんな嵐でメチャクチャなんだ。でね、お願いがあるんだけど、その花カゴに入っている白い花を、ボクに少しわけてくれないかな？」

インゴは、人形がかかえている花カゴを指さしました。

「この花の名前はエーデルワイスよ。私が生まれたスイスの丘に咲く花なの。半分こしましょう。

本当は、全部あげたいんだけど……」

「半分で十分だよ。ありがと……」

小さな花束を手にお礼を言いかけたインゴは、ハッとして頭をかきました。

「あ、あの……。ボク、まだ、お名前を聞いていなかったよ」

「私の名前は、ペトラ・ジュノーよ。患者さんたちにはドクター・ジュノーって呼ばれているの」

「お医者さん？

そっかあ。ここにいるお人形は、みんなお医者さんなんだね、きっと」

「そうよ。だって、ここは、具合の悪い子たちが訪ねてくる場所なんですもの」

ドクター・ジュノーは、そう言って肩をすくめるとインゴに手をふりました。

「どうもありがとう、ドクター・ジュノー。またね」

ドクター・ジュノーにお礼を言って、インディのいる教室へとびながら、インゴは手にしたエーデルワイスの花束に顔をうずめてみました。

すると、フワフワとした小さい花びらが鼻をくすぐります。

「ク、クシャン。くすぐったいや」

その花束からはレモンのような、木立のような、さわやかな香りがしました。

次の日、きれいに晴れあがった空を見あげながら、ズボンのすそを長グツにつっこんだマーニは、カーチャとエミーといっしょに学校へ向かいました。

雨水になぎたおされた草花や木々を見ながら、川の浅瀬のようにぬかるんだ道を歩く時、三人は自然と言葉少なになりました。

グチャリとドロがまじった水たまりに片足をつっこんでしまったマーニが、長グツがぬげないように両手でひっぱり上げながら、ふと目の前の牧場を見やると、水できらめく草の上に、動かない白いかたまりがポツポツと見えます。

「や、やだあ」

マーニの細い悲鳴に、先を歩いていたカーチャとエミーがふりかえりました。

「どうした？　マーニ」

「カ、カーチャ、エミー、あれ、みんな羊だよね。ちがうかな？　ち、ちがうよね」

マーニは、カーチャの腕にしがみつきました。

「春は子羊がたくさん生まれるけど、体が弱くて死んじゃったり、キツネに持っていかれちゃったり、生き残るのは大変なのに、せっかく生きぬいて大きくなっても、嵐っていう敵もいたんだよなあ」

カーチャは、牧場のずっと向こうの丘をながめながら言いました。

「かわいそうだわ。怖いわ」

エミーが、ため息をつきました。

そこへ、バシャバシャとドロ水をはね上げながら走ってきたセスが立ちどまりました。

「おまえら、何メソメソしてんだよ？　かわいそうとか言ったってよ、助けたくても、誰も助けてやれなかったんだからしょうがないだろ！」

セスがそう言って走りさっていったあとを、三人は話す言葉もないままに学校に向かいました。

でも、どんなに歩いても、赤いとんがり帽子の鐘の塔は見えません。

それもそのはずです。マーニたちが学校に着くと、赤いとんがり帽子は地面にたたきつけられたようで、鐘も土の上にゴロンと転がっていました。

そのまわりでは、たくさんの子どもたちがさわいでいます。

きびしい暑さの中、涼しい木陰を作ってくれていた木々も、根元からたおれたり、無残に折れたりしています。

子どもたちは、教室から見えるプラタナスの木を確認しに行きましたが、やはり、枝が何本も折れてしまっていました。

マーニが、肩を落として階段を上がり教室に入ると、黒板を美しくおおう赤いビロードの幕は、ぬれたせんたく物のようにぶら下がっていました。

「おはよう、みなさん」

ガラスが割れた窓にシートをはるサラ先生の顔も疲れて見えます。

「窓ガラスは割れてしまったけど、運良く、机とイスはぬれなかったわ」

サラ先生は、チリリンとベルを鳴らすと、ゆっくりと出欠をとり始めました。

「じゃ、次は、セス。セスは？」

「先生！　セスは学校に来ているはずよ。あたしたちの前を走っていったもん」

カーチャが言いました。

「そう？　まだ校庭にいるのかしら。

じゃあ、ブラッドリーとマーニ、ちょっと見てきてくれない？」

「え？　私ですか？」

マーニが、小さい声で聞きかえしました。

マーニは、セスがちょっと苦手なのです。

「ええ、そうよ。ブラッドリーもね」

「はい、先生。さあ、マーニ、行こうよ」

ふたりが教室を出ていくと、サラ先生は、ぬれた赤いビロードの幕にふれながら言いました。

「インゴとインディのお洋服もぬれてしまったわね。そして……」と、サラ先生が話を続けようとした時、マーニとブラッドリーにささえられたセスが、ぬれたウサギをだいて教室に入ってきました。

「先生、セスはウサギ小屋とニワトリ小屋を片づける近所のボランティアの人たちの手伝いをしていました」

ブラッドリーが先生に報告しました。

マーニは、セスとセスの腕の中でふるえているウサギを見つめるばかりです。

その日、学校から帰ると、パパとママは庭のそうじをしていました。

マーニのおばあちゃんが大切に育てている草花は、全部たおれてしまっていました。

夏になって白い花をたくさん咲かせていたインディアンサマーの木や、秋には葉っぱが真っ赤になるピスタチオの木の枝が地面にちらばっていました。

「あら、マーニ、お帰りなさい。今日は学校も大変だったでしょ？」

「ただいま。ママも帰っていたの？」

マーニに笑顔がもどります。

「ははは、パパのことも忘れないでおくれ」

「ただいま、パパもおうちにいたのね！　おばあちゃんは大丈夫？」

「ええ、ちょっと疲れたって休んでいるわ」

「そっか。良かった」

「マーニも疲れた顔をしているわね。

さっき、ドーナツをあげたから、シナモンシュガーをかけておやつにしましょう」

「庭で食べるかな？」

パパがガーデンテーブルにテーブルクロスを広げ、イスにクッションを置きました。

マーニがドーナツをひと口かじると、ふんわり甘い香りが口いっぱいに広がりました。

香ばしいおいしさと、パパとママといっしょにいる安心感からか、マーニに、今日一日がまんしていた怖さや不安がこみ上げてきました。

「ねえ、パパ、ママ」

「あらあら、笑ったり、喜んだり、泣いたりいそがしいこと」

「ちょっとだけなみだが出ちゃったけど、まだ泣いてないよ」

「そうだよね」と言って、パパがクスリと笑いました。

「ねえ、自然って、生きものを助けてくれるんだと思ってたけど、怖いものなのね」

「いつもは優しいママだって、怖くなる時があるだろ？」

そう言ったパパに、ママが怖い顔をして見せました。

「ごめんごめん。ママだけじゃないよね。パパだってマーニに甘いだけじゃない。怖い時だってあるし、きげんの悪い時だってあるだろ？」

「うん。でもさ、あんなにたくさんの木や花や動物たちの命をメチャクチャにしたりしないじゃない？」

「まあ、な」

「今日ね、学校へ行く道で羊がたくさんうずくまってたの。みんな全然動かないの。

学校でもね、私たちが飼っていたニワトリやウサギたち、いっぱい死んじゃったの。

セスがね、ぬれて死にそうになってたウサギを助けてあげたんだけど、あのウサギは大丈夫かな？　すごくふるえてたんだよ」

「セスって、学校の近くにある牧場の男の子ね？」

「うん」

「パパは、セスのおじいさんをよく知っているよ。あの人は、動物のお医者さんになる勉強をしていた人だ」

「セスはあんなに乱暴なのに？」

「元気な男の子なんて、マーニから見たらみんな乱暴なんだろうなあ。ははは」

「その乱暴な子が、ふるえるウサギをだいていたってわけね？」

「う、うん。でも、もしかしたら、優しいのかな？」

「さあね、それはマーニが考えてごらん」

その夜、マーニがベッドにもぐりこむと、ザワザワとした木々の音がしてきました。

ふとんをかぶってその音を聞かないようにしても、意地悪な音はマーニの夢の中にしのびこんできます。

マーニは、夢の中で落ちたカミナリの音におどろいて目を覚ますと、耳をすましました。

大丈夫。窓の外は少しだけ風が吹いていますが、全然怖い音じゃありません。

マーニは、眠りにもどりました。

でも、引きもどされた夢の中で、今度はウサギたちが丘をにげまどっています。

そこにいるのはマーニだけなのに、マーニは嵐の中に出ていかれなくて、窓からウサギたちを見ていることしかできません。

そこにスッと光がさしこむと、マーニはまた目を覚ましました。

「朝が来てくれて良かった……」

マーニは、ひとり言をつぶやくと、学校に行くしたくを始めました。

「大丈夫、パパだってママだって楽しそうに笑ってる。昨日の嵐だって夢の中のことで、本当は来なかったんだから」と、マーニは、何度も自分に言い聞かせながら朝ごはんを食べました。


でも、そんな夜が何日か続くと、マーニは寝不足で、教室での居眠りもだんだんひどくなっていきました。

ゴン！　木の机とおでこがぶつかった大きな音に、クラスのみんなは笑うのも忘れてマーニを見ています。

「えへへ」と、がんばっておどけてみたものの、痛さとはずかしさで顔が真っ赤になったマーニの目からは、なみだがポロポロこぼれます。

サラ先生が、マーニのそばに来て言いました。

「世の中に、何日も寝ないでがまんできる人はいないのよ。きっと、夜ぐっすり眠れていないのね。かわいそうに」

「サラ先生……」

「保健室に行って、ちゃんと眠っていらっしゃい」

「先生！」

エミーが、心配そうに手を挙げています。

「あの、うちのおばあちゃまがいつも言うんです。変な時間にお昼寝すると、夜、眠れなくなっちゃうから、夜になるまでがまんしなさいって」

「そうね。規則正しい生活は大切です。がまんが大切なこともあるわ。

でもね、のどがかわいてたまらない時は、がまんしちゃダメ。お水を飲みなさい。
お腹がすいてどうしようもない時は、何かを食べなければ。
そして、眠くてたまらない時は、ぐっすりお休みなさい」
「はい！　よくわかりました。
私、マーニを保健室まで送ってきます」
エミーは元気に席を立ちました。

6　ドクター・ジュノーのお使い

「お昼寝のじゃまはしないでおくね。ゆっくりね」

エミーは、保健室のとなりにいる校長先生にマーニの様子を報告すると、さっと教室にもどりました。

おでこに当たる日ざしが強かったので、頭から羽ぶとんをかぶったマーニは、スウっと眠りの中に引きこまれていきました。

すると、インディの声が聞こえます。

「マーニ、私がベッドから落ちちゃうから、もうちょっとあっちに行ってくれない？」

「え？」

マーニがふとんの中の闇に目をこらすと、赤いベレー帽をだいたインディが小さく丸まっていました。

「インディね、どうしたの？」

マーニのささやくような声に、インディが答えます。

「夜が怖くて眠れなくなっちゃったの。

夜になると、嵐のことを思いだしちゃうの。あの日の怖い感じが心にもどってくるの。

インゴはね、『もう怖いことは何もないんだよ』って笑うのよ。

私、頭ではわかっているんだけど、心がわかってないのよ、きっと。それでね、昼間、眠くて何もできないの。

ねえ、マーニ、私は病気なのかしら？

「インディが病気だったら、私も同じ病気なのよ」

そう言ってマーニがため息をついた時、不思議な力でふとんが浮きあがり、それに続いてマーニの体もフワリと起きあがっていました。横を見ると、赤い帽子をだいたままのインディも、足を投げだしてベッドの上にすわっています。

そして、マーニが保健室を見まわすと、赤いクッションがのっている大きなイスに人形がすわっていました。

その人形は、三角の白い帽子をかぶり、白いブラウスを着て、青いフレアスカートをふんわりとひざの上に広げています。

机の上に置かれたバスケットの中には、白い小さな花が半分ほど入っていました。

「こんにちは、マーニとインディ。

私は、スイスの山の中からこの学校にやってきたドクター・ジュノーよ。よろしくね」

「こ、こんにちは」

マーニとインディは、目を見合わせると、あわててあいさつを返しました。

「ふふふ、そんなにおどろかないで」

「あ、あの、ドクター・ジュノーはお医者さんなんですね？」

マーニが聞きました。

「そうよ。ここにいる人形たちは、子どもたちのために世界中からやってきたお医者さん。私もそのひとり」

「私とマーニのことも知ってたんですか？」

インディが、首をかしげて聞きました。

「もちろん。私は、この学校のことは校長先生と同じくらいよく知っているのよ。それに、あなたのふたごの弟くん、インゴのこともね」

ドクター・ジュノーは、いたずらっ子のように目をパチクリして見せました。

「インゴのこともですか?」

「ええ」

ドクター・ジュノーは、バスケットを指さしました。

「これはエーデルワイスっていうお花よ。私のふるさと、スイスの丘に咲きみだれるの」

「あ、そのお花……」

インディには、思いあたることがありました。

「そう、インゴは、インディにお花をあげたいから半分わけてほしいって、私にお願いに来たのよ。いい子じゃない?」

ドクター・ジュノーが、とびきりの笑顔を見せました。

「インゴは優しいね」

マーニがインディに言いました。

「そうね。私のこと、弱虫って笑ったりするんだけど、本当は心配してくれているのね」

「うふふふ。ここにいるふたりの女の子に、私もお守りをプレゼントしてあげるわ。心を守るお守りよ」

「わあ！　うれしい」

マーニとインディは、目を見合わせて言いました。

「でもね、喜ぶのはまだちょっと早いのよ。大切なふたつの材料が、今、ここにはないの」

マーニとインディは、少しがっかりしました。

「そんなにしょんぼりしないでちょうだい。大丈夫だから。手紙を書くわ」

ドクター・ジュノーは、机の引き出しからあわいピンクの便せんと封筒を取りだすと、青いインクのペンでサラサラと手紙を書き始めました。

しばらくすると、ドクター・ジュノーは言いました。

「はい、インディ、このお手紙はインゴにわたしてね」

「え？　は、はい」

そう答えながらも、インディはキョトンとしています。

「それから、これはマーニにお願いするわ。

丘の向こうでバラを育てているイワンさんの所に、このお手紙を持っていってくれるかしら。地図はこの紙に書いておいたわ」

今度は、マーニがキョトンとする番です。

ドクター・ジュノーは、なぜ、マーニにバラ園へのお使いをたのんだのでしょうか。

青空が広がった土曜日の朝、パパもママも仕事に行ってしまいました。

マーニはしばらく自分の部屋で、緑色の表紙のノートに鉛筆を走らせていましたが、やがて立ちあがりました。

「お手紙、届けてこなくちゃ」

マーニは、机の引き出しからドクター・ジュノーからあずかった手紙と地図を取りだしました。そして、帽子をかぶると、赤いリュックに水筒とハンカチと手紙と地図を入れ、家を出ました。

キッチンのテーブルには、「ちょっと遊んできます」とだけ書いたメモを残しました。

マーニが家を出て、学校とは反対の方にしばらく歩いていくと、左手に大きな牧場が見えてきました。セスのおじいさんとお父さんの羊の牧場です。

マーニは、その大きなゲートの前で立ちどまりました。

セスはあの嵐のあと、学校には一日来ただけで、ずっと休んでいるのです。

ぬれてふるえているウサギをだきかかえていた時のセスの顔が、ふと浮かびました。

セスは風邪でもひいたのかなと、マーニが思ったその時、木の上でガサガサと枝葉の音がしました。

「おまえ、どうしてそんな所でボーッとつっ立ってんだよ」

とつぜん木の上から降ってきた声とともに、セスがとびおりてきました。

「ああ！　びっくりさせないでよ！」

マーニの小さな抗議を、セスは笑いとばします。

「だってよ。誰かが自分ちの前でボーッと立ってたら、普通は声かけるだろ？」

「う、うん。それより、セスは風邪ひいてたの？」

「風邪なんかひくわけないだろ。ヘナチョコのマーニとはちがうよ」

「ヘナチョコなんかじゃないわ。今だって、丘をこえて、イワンさんのバラ園にお使いに行くところだもん」

「イワンじいさんのところ？」

「イワンさんを知っているの？」

「うちのじいちゃんの友達さ。でも、学校に行くのより何倍も歩くんだぜ」

「そ、そうなの……？」

「ちゃんと調べろよ。っていうかよ、なんでひとりであんなところまで行くんだよ」

「それは、ないしょだもん」

「ふうん。じゃあ、オレもいいこと教えてやらないぜ」

「え？　いいことって何？」

「しょうがねえなあ。うちの牧場（ぼくじょう）をまっすぐつきぬけていくと、すげえ近道なんだよ。急な坂道もなくて、道もなだらかなんだ」

セスが、じまんげに指で鼻をこすりました。

「今日、羊たちはこっちの牧草地（ぼくそうち）にはいないから、追っかけられたりはしねえよ。あはは」

「通っていっていいの？」

「勝手にしろよ」

セスはそう言って木の枝（えだ）にとびつき、さかあがりを一回すると、そのまま上の方に消えてしまいました。

マーニは帽子をかぶり直すと、まっすぐに丘の方に向かって歩き始めました。

どのくらい歩いたでしょう？

太陽を真上に感じ始めたマーニは、何度も水を口にしました。

「疲れちゃったなあ」

ひとり言をつぶやくと、マーニは近くを見まわしましたが、木陰はありません。

急に心細くなって、目にはなみだがあふれてきました。

そんなマーニが、しばらくしゃがんでメソメソしていると、体の横をさっと風が走り、自転車のブレーキの音がきしみました。

「ホントにしょうがねえヤツだなあ」

「え？」

「グズグズすんなよ、乗れよ！」

どなり声にとび上がると、マーニは、セスの自転車のうしろに乗りました。

「帽子、とばされんなよ」

セスの自転車は、マーニに涼しい風を浴びせてくれました。

牧場の緑は、おだやかにマーニの横を流れていきます。

少し上りが続くと、セスは、立ちあがってペダルをふみ始めました。

「私、降りたほうがいい？」

マーニはセスの背中に声をかけましたが、返事はありません。

そのかわりに、とつぜん、目の前になだらかな下り坂が現れました。

「こっからが最高なんだ！　落ちんなよ！」

そう言うなり、セスは両足を高く投げだしました。

自転車は、とぶように坂道を下ります。

マーニは、必死に歯を食いしばりながら、ほっぺたに風を受けました。

自転車のスピードが落ちると、キキーっとブレーキのきしむ音がしました。

「イワンじいさんのバラ園だぜ」

「う、うん。ありがと、セス」

「べつに、親切にしたわけじゃないぜ。オレも、イワンじいさんの顔が見たくなったんだ」

セスは自転車をたおすと、半分おこったような顔をして、スタスタとバラ園の中に入っていきました。

「こんちわあ、イワンじいさん」

「おお、セスか？　また牧場の手伝いからにげてきおったな」

丸いメガネをかけたおじいさんが、セスの肩に手を置きました。

「ちがうよ！　羊たちは、嵐でいっぱい死んじまったから、手伝いなんかない！」

「ああ、それでおまえ、ふさぎこんで学校サボっとったのか？

ん？　あれ？　おまえ、妹ふたりおったっけ？」

イワンさんは、セスのうしろにいるマーニに気がつきました。

「あははは。マーニ、ちっこいからな」

セスは笑(わら)いだしましたが、マーニはおもしろくありません。

「は、はじめまして、イワンさん。私(わたし)は、セスの同級生のマーニです！」

「いやいや、それは失礼(しつれい)したねえ。

ん？　マーニって、看護師(かんごし)のレイチェルさんの娘(むすめ)さんかい？」

「ママのこと、知ってるんですか？」

「ああ、いつも診療所(しんりょうじょ)で世話(せわ)になっとるよ。

マーニが赤ちゃんの時、よくだっこさせてもらったもんだ。

で、ふたりそろって、今日はなんの用事かね？」

「オレは用事なんかないよ」

セスが、マーニを目でうながしました。

「あ、あの、このお手紙を読んでください」

マーニは、リュックの中から手紙を取りだして、イワンさんに手わたしました。

イワンさんは立ったままその手紙に目を通すと、マーニに笑顔(えがお)を向けました。

「バラのオイルが必要(ひつよう)なのか。

今年のバラは、嵐(あらし)でずいぶんダメになってしまっとるが、去年(きょねん)作ったものがまだあるよ。こっちにおいで」

マーニとセスがイワンさんのあとについていくと、天井(てんじょう)の高い倉庫(そうこ)の中に大きな釜(かま)とパイプをつないだ機械(きかい)がありました。

「バラのオイルを作るのって、大(おお)仕事なのかあ」

セスがポツンと言いました。

「ははは、そうでもないよ。

大仕事はなあ、まだ花びらの上で朝つゆが光っている『ダマスクローズ』っていう種類のバラを、毎日、山のように摘んでくることだ。なんてったって、ティースプーンですくえる量のオイルを作るのに、ほぼ二十キログラムの花が必要なんだからな」

「ふうん」

セスが、大きな釜を見あげながらため息をつきました。

「たきぎをくべながらこの釜をたくとな、水蒸気とともに大切な成分が浮きあがって、この管を通っていく。それをいっきに冷やすと、オイルの層と水の層にわかれる。

そのオイルの部分を茶色のガラスのビンにつめて、できあがりってとこだな」

「あ、カレンデュラのお花のオイルの作り方とそっくりですね！」

「ほう！」

イワンさんは、マーニの言葉に感心しました。

「もしかしたら、学校で習ったかもな？」

セスは、記憶をさぐるように首をかしげます。

「わしはなあ、花束になるバラを育てることも好きだが、この貴重なダマスクローズのオイルを作ることが生きがいなんだな」

「なんで？」

セスが、また首をかしげました。

「命あるものはみんな、ほかの命を救える不思議な力を持っとる。バラの命は、人々の目を楽しませるだけじゃない。心を優しく包み、安心をあたえてくれる力を持っとる。

わしの仕事は、バラが、多くの人の心を救えるようにするための手伝いだな」

「命の力の手伝いかあ……」

セスの声が、少しいきいきしてきました。

「咲きほこる花を摘んで、釜に放りこむなんて、普通に考えればひどいこったなあ。でも、それがバラの命を大切にする方法だと先祖が教えてくれた」

「いいこと教えてもらったんだな！」

「ああ。わしのふるさと、ブルガリアのカザンラクという土地に、バラの谷と呼ばれる場所があってな。どこまでも、見わたすかぎりバラが咲くんだ。

その土地で暮らす人々は、誰よりもバラを愛し大切にする。わしの先祖もみな、その土地で生きた」

マーニは、イワンさんの話を聞きながら、嵐の夜におばあちゃんが言っていたことを思いだしました。

おばあちゃんは、ロウソクを並べながら「バラの花は、疲れた心や不安を優しく包んでくれるよ」と教えてくれていたのです。

「それじゃ、マーニ、これを持っておかえり」

イワンさんは、小さい茶色のビンを戸棚から取りだすと、マーニの手ににぎらせました。

「ありがとうございます。たくさんの、たくさんのお花の命ですね」

「わかってもらえたんだな？　うれしいよ。

じゃあ、帰りはわしが送ってやろう。セスの乱暴な運転に、マーニとダマスクローズの命はあずけられん」

「乱暴じゃねえよ、オレ」

「ははは。それからな、セス、おまえのじいちゃんや父ちゃんの仕事も同じだ」

「え？」

「羊を大切に育て、感謝し、その命を役立てる。

羊の肉は、わしらの命をささえてくれる。

羊の毛皮は、わしらの命を包みこんで守ってくれる。

そんな大切な命をあずかり育てる彼らの仕事は、責任重大だ」

「うん」

「だからな、嵐なんかにその大切な命を奪われた時の無念さはでかい」

「うん」

「おまえの気持ちもわからないじゃないが、助かった命を大切に育てる手伝いをするんだな。それからなあ……」

「なんだよ？」

「たくさんの命に守られているおまえ自身も、しっかり生きなきゃならん。悲しいことがあったぐらいで、家の中にひっこんどらんで、ちゃんと楽しく毎日を生きなきゃな。楽しくだぞ！」

「うん」

「わかったら、ここに乗れ！」

イワンさんは笑いながら、マーニとセスと自転車をトラックの荷台にのせてくれました。

少し西にかたむいた日ざしが、遠くに見える木々の影を長くしています。

荷台の上にひざをかかえてすわるマーニに、半分背中を向けながら、セスが言いました。

「オレ、牧場の仕事がきらいだったんだ。

生まれたばっかりの子羊って、すっげえかわいいんだぜ。

でもよ、ある時みんなトラックに乗せられてどっかに連れていかれちまうんだ。

そのどこかがわかった時、オレ、父ちゃんとじいちゃんがきらいになった。

おまけによ、夜にあんな嵐が来れば、たくさんの羊を全部、屋根のあるところに入れてやることもできないじゃないか！　牧場なんて、羊の命をなんとも思わない仕事だって思ってた」

「思ってた？」

「でも、今はちがうぜ！　オレ、明日から、いっしょうけんめい羊の世話を手伝うんだ！」

「セスが、ちょっとお兄ちゃんに見えるよ」

マーニが、エンジン音に負けないように大きな声で言いました。

「ふざけんなよな！　オレは、マーニの兄ちゃんでも友達でもないからな！」

そう言ってふりかえったセスは、いつものちょっぴり苦手なセスでした。


マーニとセスを送り届けた帰り道、イワンさんはひとり言をつぶやきました。

「はてさて？　ドクター・ジュノーねえ。昔、どこかでお目にかかったのかねえ。まさか、お世話になっとって、忘れたとも言えんしなあ……」

イワンさんはトラックを停めて、もう一度あの手紙を読もうとポケットの中に手を入れました。
でも、シャツのポケットにも、ズボンのポケットにも、もう手紙はありません
でした。

その夜、月をおおっていた雲が風で流れると、カーテンのすき間から、ひとす
じの光がさしこんできました。
ベッドの上で、緑の表紙のノートに絵をかいていたマーニは、立ちあがって、
カーテンを少し開けてみました。
「きゃ！」
小さいさけび声をあげたマーニの前には、四つの大きな目が並んでいます。
勇気を出して、窓ガラスの向こうに目をこらすと、それはインゴとインディで
した。

マーニは急いで窓を開けると、ふたりを部屋にまねき入れました。

「こんばんは、マーニ」

スタッと床にとびおりたインゴが、元気に言いました。

「ごめんね、こんな時間に」

レースのカーテンによりかかりながら、インディが小さな声で言いました。

「インゴとインディなら、いつだって大歓迎よ！

でも、今日はどうしたの？」

「ちょっとお話したくて来ちゃったんだ」

インゴはそう言うと、羽を広げて、マーニのベッドにピョンととびのりました。

「おクツをぬいで、インゴ！」

インディにしかられて、インゴはきまり悪そうにクツをぬぐと、ポーンと床の上に放り投げました。

そんなインゴをチラリと見て、インディはため息をつくと、自分のぬいだ青いクツをそろえてから、フワリとベッドにとびのりました。

マーニがふとんのはしを持ちあげると、インゴとインディは羽をたたんでスルリと中にもぐりこみました。

「マーニもおいでよ」

インゴは、うれしそうにはしゃいでいます。

マーニはそうっとベッドに入ると、ふとんを頭からかぶってみました。

その小さな闇(やみ)の中では、大きな四つの目がキラキラ光っています。

「夢(ゆめ)、見てるのかな?」

マーニは、そうささやきました。

「ちがうよ。夢じゃないよ。

ねえ、マーニ、ボクたちと少しだけお話しようよ」

インゴが、マーニのお腹を指でつつきながら言いました。

「うん。何のお話する？」

「じゃあ、ボクからね。

ボク、ドクター・ジュノーにお手紙もらったんだ」

「知ってる！　なんて書いてあったの？」

「お使いをたのまれたんだよ。

学校がある丘から、きれいな川が流れる森が見えるでしょ？　ボク、あそこまでビューンって、海の上をとんでいったんだよ」

「私は海の上なんて怖くてとべないから、インゴがひとりで行ったのよ」

「うん、そうなんだ！」

インゴは、インディの言葉にうなずきながら、得意げに続けます。

「ボクはね、あの川に水ゴケを採りに行ったんだよ。

でもね、嵐のあとの川はせんたく機の中みたいでさ、水にドロとかがまじっちゃってメチャクチャだったから、水ゴケなんて見つからなかったんだ」

「水ゴケが元気に生きられる場所は、きれいな澄んだ静かな水の中なのよ」

インディの説明に、マーニはうなずきました。

「ボクさ、せっかく来たのに、からっぽのビンを持ってかえるのかなって思ったら、力がぬけちゃって、で、石の上にすわったらお尻がぬれちゃって、とっても悲しくなっちゃって、ちょっと泣いちゃったんだ」

「私だって、きっと泣いちゃうわ」

マーニが言いました。

「そしたらね、カメラを首からぶら下げて、ノートと虫メガネとガラスのビンがたくさん入ったカバンを持った男の人に会ったんだよ」

インゴは、そこでひと呼吸おきました。すると、今日の冒険旅行が、インゴの頭の中で映画(えいが)のようによみがえり始めました。

「あれ、迷子(まいご)かな？」

大きいカバンを持った男の人が、インゴに声をかけました。

「マイゴじゃないよ、インゴだよ」

「え？」

その男の人は、インゴの姿(すがた)を見ながら首をかしげました。

「インゴだよ。大きいハチじゃないし、羽があるネコじゃないし、人間でもないけどさ、悲しい時もあるんだよ」

「そうなんだ。僕(ぼく)はマイケル、こう見えても学者さ。

ところで、なんで悲しいのかな？」

「ボクね、ドクター・ジュノーから水ゴケを集めてきてってお願(ねが)いされたんだ。

でもさ、にごった川で水ゴケなんか探せないもん」

「え？　インゴは、ドクター・ジュノーを知っているの？」

「うん。マイケルさんも知ってるの？」

「ああ、学生の時に、スイスでお世話になった先生の名前と同じだったんで……でも、まさかね。彼女の名前は、ペトラ・ジュノーっていったかな」

「うん、そうだよ。ドクター・ジュノーの名前はペトラっていうんだ」

「な、なんというぐうぜん！」

「だね」

「ということは、僕らがここで会ったのも何かの縁だ。水ゴケは僕がなんとかしてあげるから、あそこの小屋までいっしょにおいで。嵐が来る前に採っておいた研究用の水ゴケがあるんだ」

悲しかった気持ちはどこへやら、インゴは、笑顔でマイケルさんについていきました。

マイケルさんの小屋には、顕微鏡がのった小さいテーブルと、たくさんの水ゴケが入ったビンと、冷蔵庫と、むずかしそうな機械がいろいろありました。

部屋の様子をクルリと見まわしたインゴが言いました。

「ボク、大切なものをさわったり、落としたりしないから安心してね」

「ははは、そんなにきんちょうしないでいいよ」

マイケルさんは、一番手前にあった大きなビンから、インゴがかついできたビンに水ゴケを入れてくれました。

「ちょっと重いけど、大丈夫かな？」

「うん、ボクは元気だから大丈夫。本当にありがとね」

「ああ、ドクター・ジュノーによろしくな。

僕がスイスをはなれてから、もうずいぶんたつ。ドクターもかなりのお年のはずだ……お体大切にってな」

「うん。でもね、心配はいらないよ。とってもかわいくて、とっても元気だよ」

ドクター・ジュノーは、インゴはビンを入れたリュックを背負うと、首をかしげるマイケルさんをあとに、空に向かって羽ばたきました。


「インゴ？　インゴったら、急にもの思いにふけっちゃってどうしたの？」

ベッドの中で記憶の中をさまよっているインゴに、インディが聞きました。

「う、うん、えっと、どこまで話したっけ？」

「男の人に会ったところよ」

マーニが、笑いながら教えてあげました。

「うん、その人はマイケルさんっていって、水ゴケの研究をしている人でね、ボクにきれいな水ゴケをわけてくれたんだ」

「ラッキーだったのね」

マーニもうれしくなりました。

「ねえ、マーニも今日、いいことがあったの？　声がとっても明るいわ」

インディが聞きました。

マーニは、イワンさんのバラ園へのお使いでのことを、ふたりに話して聞かせました。

「マーニのお使いも大成功だったんだね！」

インゴが、ふとんの中で羽をバタバタさせました。

「インゴ、静かにして！」

インディのひと声で静かになったふとんの中で、マーニはポツリと言いました。

「私ね、セスと少しだけどおしゃべりできたの」

少しほこらしいような気持ちとともに、マーニは優しい空気に包まれて、スッと眠りに落ちていきました。

7　水ゴケとバラのお守り

月曜日の朝、学校に一番に着いたマーニは、保健室（ほけんしつ）のドアをそっと開けました。

シンと静（しず）まりかえった部屋の中には、いつもどおり清潔（せいけつ）に整えられたベッドがあり、薬棚（くすりだな）のガラスのとびらもきちんとしまっています。

その中に並（なら）べられている人形たちもすまし顔です。

マーニは、ポケットの中にあるバラ園のイワンさんからあずかったガラスのビンにふれながら考えました。

「これを、どうやったらドクター・ジュノーにわたせるのかな？」

早くしないと、ほかのみんなが登校してきてしまいます。

マーニが、ソワソワしながら薬棚のガラスのとびらを開けてみると、かわいい人形と目が合いました。

その人形は、三角の白い帽子をかぶり、白いブラウスを着て、青いフレアスカートをはいています。その手に下げた花カゴには、白くて小さい花が半分だけ入っています。

そしてよく見ると、その人形にかくれるように、ガラスのビンが置かれているではありませんか。

「インゴが持ってかえってきた水ゴケね？」

マーニはひとり言をつぶやくと、ポケットの中から茶色のガラスのビンを取りだして、水ゴケの入ったビンの横に置きました。

あの大切なダマスクローズのオイルを、ドクター・ジュノーはちゃんと見つけてくれるでしょうか？

その日、マーニは、ワクワクしたりドキドキしたり、夢心地で落ちつかない時間をすごしていました。もちろん、目の前の作文用紙は真っ白のままです。

そんなマーニを目覚めさせるかのように、サラ先生の声が教室にひびきました。

「では、今日は、久しぶりに少しお話をしてあげましょう」

クラスのみんなは、自分のイスにかけてあった羊の毛皮を、黒板の前の床にしいてすわりました。寝そべっている子もいます。

サラ先生は、お話を聞く時間は、いつも自由にリラックスさせてくれます。

先生は、ゆっくりと黒板にかかる赤いビロードの幕を開けました。

そこには、ピンクのバラの花の中で遊ぶインゴとインディの姿がありました。

「インゴとインディは、この学校の黒板にすんでいる妖精です」

物語は、いつもどおりに始まりました。

「大嵐の夜の怖さが心の中に入りこんでしまったインディは、夜の小さな音にお
びえ、ぐっすり眠れなくなってしまいました。
昼間も眠くて疲れているので、笑顔を作ることができなくて、小さなことにイ
ライラして、おこったり泣いたりしてしまいます。
そんなインディを心配したインゴは、お花をプレゼントしてあげようと、外に
探しに行きました。
でも、嵐のあと、庭や丘に咲きみだれていた花々はみんなたおれたり、ちぎれ
たりして、花びらがちってしまっています。
インゴが途方に暮れていると、青いスカートをはいて、手には花カゴを下げた
女の人が歩いてきました。そのカゴの中には白いお花がたくさん入っています。
インゴは、わけを話して、そのお花を少しわけてくださいとお願いしたの。
すると、その女の人は、ひと束の白い花と小さな茶色のガラスのビンをインゴ

にくれました。

『ありがとう。でも、これは何？』

インゴの質問に、その女の人が答えます。

『子どもたちの心を守るお守りよ』

まじまじとそのビンを見ているインゴにほほ笑みながら、女の人は続けました。

『うちはね、おばあさまも、お母さまも、私も、子どもたちのための医者なのよ。

そして、それは、わが家に伝わる魔法のお守りよ』

インゴは、目をパチクリさせるだけ。

そのビンの中身は本当は秘密なんだけれど、特別に教えてあげましょう。

ダマスクローズという名前のバラの花のオイルと、澄みわたった水辺からすくいとった水ゴケよ。そこに、手ざわりをやわらかくして、はだに吸いこませるお手伝いをするアーモンドのオイルなどをまぜるんです」

エミーの手が挙がります。

「先生、それってお守りなんですか？

なんか、ママのおはだのお手入れするための乳液みたい」

「使い方はそんな感じかしらね。と言うのもね、このお守りはね、胸にぬって、その上に手を重ねるの」

サラ先生の答えに、今度はクラスのあちこちから声がもれました。

「不安とか、怖いとかっていう気持ちはね、危険からみなさんを守ってくれる大切な信号でもあるの。

でも、怖いことがすぎさったあとになっても、心がずっと怖がっていると、病気になってしまうことだってあります」

マーニはふと、嵐のあとも小さな音にふるえてしまう自分のことを思いました。

「あなたたちの心を守るエネルギーが弱くなると、いたずら天使がこっそり入りこんで悪さをするの」

マーニには、そのいたずら天使が、お腹の中でバタバタしていた黒いカラスとダブります。嵐の夜が怖すぎて、心が弱ってしまったから、いたずら天使を追いはらえなかったんだな……と、胸に手を当てながら思いました。

「ダマスクローズの強く優しい香りは、私たちをリラックスさせてくれるだけではなく、心の中にしのびこもうとする恐怖を追いはらってくれます。

そのダマスクローズの力が、長い時間あなたたちを包んでいられるように、水ゴケが力になるのよ。

コケの命を水が包み、そのプルンとした膜が、ダマスクローズの力を守ってくれるのね」

ダマスクローズ……その言葉を聞いたセスは、マーニの方をふりかえりましたが、首をかしげただけで、またサラ先生の方に向きなおりました。

サラ先生の話は終わりに近づきます。

「青いスカートをはいた女の人は、インゴにそのお守りの魔法の言い伝えを書いたメモをわたすと、軽い足取りで森の向こうに消えていきました。

『良かった。これでインディは元気になるんだ！』

その場に残されたインゴは、花束と、茶色いガラスのビンと、あわいピンクのメモ用紙をかかえながらとびはねました」

サラ先生は、そこまで話すと言いました。

「では、この続きは、今夜、みなさんが寝る前にベッドの中で想像してみてください」

放課後、マーニは半分夢を見ているような気持ちで、保健室によってみました。

朝、青いスカートをはいた人形のうしろに置いたダマスクローズのオイルは、どうなったのでしょうか。

窓のレースのカーテンの影は、ドアの所まで長くのびていますが、人影はありません。

やっぱり、長い長い夢の中にいたのでしょうか？

マーニは、あきらめ気分で薬棚のガラスのとびらに手をかけました。

と、その時、あわいピンクの封筒が目に入りました。

マーニは、ドキドキする気持ちをおさえながら手をのばしました。

青いスカートをはいた人形のうしろに、朝、見かけたビンはもうありませんでした。

マーニは、そのビンのかわりに置かれていたものを取りだして、机の上に並べました。

それは三本の小さい茶色のガラスビンと、二通の手紙でした。

その一通はインゴとインディへ、もう一通はマーニへの手紙でした。

「マーニへ

お使い、どうもありがとう。

マーニとインゴのおかげで、なくてはならない材料が手に入りました。

このビンに入っているのは、水ゴケとバラのお守りです。

私が、わが家に伝わる方法で心をこめて作りました。

不安や恐怖におそわれそうな時、胸にぬって、その上に温かい手を当ててあげてください。

ダマスクローズというバラの香りは、とても強くて優しいの。お母さんのようにね。

マーニのおだやかな夜のために。

それから、もう一本は、あなたのお友達セスのために。

ドクター・ジュノーより
愛をこめて……」

マーニはその手紙を読みおえると、たたんでポケットにしまい、二本の茶色いガラスビンを手に取りました。

まだ太陽が照りつける四時、マーニはみんなに遅れて家路につきました。

でも、わかれ道に来た時に、マーニは自分の家の方へは曲がらずに、そのまま真っすぐ歩き続けました。

大きな木がある牧場のゲートの前で立ちどまったマーニは、ポケットから茶色いガラスのビンを取りだしました。

すると、頭の上で枝葉がゆれる音がしました。

「おまえ、またウロウロ何してんだよ！」

ビクッとして気をつけの姿勢でかたまってしまったマーニの前に、セスがスタッと着地しました。

「こ、こんにちは」

「なんだよ？　さっき学校で『さよなら』って言ったばっかりじゃないかよ」

セスが大声を出すので、マーニは、なかなか言いたいことが言えません。

その時、ゲートわきにたつ赤い屋根の家から声が聞こえました。

「セス！　お友達といっしょなの？　ちょうどビスケットが焼きあがったから、取りにいらっしゃい」

それは、セスのお母さんの声のようでした。

「チッ、なんでだよお」

セスは舌打ちしながらうちに入ると、ビスケットとミルクの入ったコップをおぼんにのせてもどってきました。

「すわれよ」

セスは木陰の草の上にドカンと腰を下ろすと、ムシャムシャとビスケットをほおばり、ゴクゴクとミルクを飲みました。

「食えよ！」

セスは、そう命令口調でマーニをにらみつけましたが、マーニは笑いだしてしまいました。

「あははは」

「なんだよ？」

「白いおヒゲ、あはは」

マーニがあんまり笑うので、セスは着ていたシャツで口についたミルクをぬぐうなり、自分も笑いだしてしまいました。

「おまえ、何しに来たんだよ。イワンじいさんなら、今日は町に行っちゃったぜ」

「そうじゃなくてね、はい、これ」

マーニは、ポケットの中から茶色いガラスのビンを取りだすと、セスにわたしました。

「なんだよ？」

「においをかいでみて」

「バラ？　イワンじいさんのダマスクローズだ」

「それはね、水ゴケとバラのお守り。セスの分をあずかってきたの」

「誰から？」

「んー、知り合いのお医者さん」

「ははは、もしかして、青いスカートとかはいてたりしてな？」

セスは、サラ先生のお話をちゃんと聞いていたようです。

「そうかもね」

セスがポカンとしているすきに、マーニは、お守りの使い方を説明しました。

「オレ、そんなチャラチャラしたもんつけるほど弱っちくないぜ」

マーニは、セスのもんくを聞きながらがしながら言いました。

「これから、セスはきっと何度も羊たちとお別れするわ。だから、ね」

しばらくだまりこくっていたセスは、足元の草をむしりながら話し始めました。

「生まれたばっかりの子羊が、母さん羊にめんどう見てもらえないことがあるんだ。

そんな時、子羊に、ほにゅうビンでミルク飲ませるのはオレの仕事なんだ。

そうすると、いっつもオレのあとをついてまわるようになる。

自分が育てた動物がトラックに乗せられて売られていく時の気持ち、ほかのヤツにはわかんねえよ。

オレは勉強はできないけど、イワンじいさんの話や、サラ先生の話はわかる。

頭ではわかるんだけどよ。でも、オレは男だけど、まだガキだから……」

「うん」

マーニはうなずきました。

「もらっとくよ、これ。ミルク、残すなよ！」

マーニがあわててミルクを飲み干すと、今度はセスが笑います。

「ははは！　マーニ、白いヒゲはやしてやんの！」

真っ赤になって、ブラウスのそでで口をぬぐうマーニに、セスが残りのビスケットをつかんでつきつけました。

「持ってけよ。じゃあな」

その日の夜、マーニは、自分の胸に水ゴケとバラのお守りをぬって、その上に

そっと両手を重ねました。
やすらかな眠りは、もうそこまで来ています。

ノート

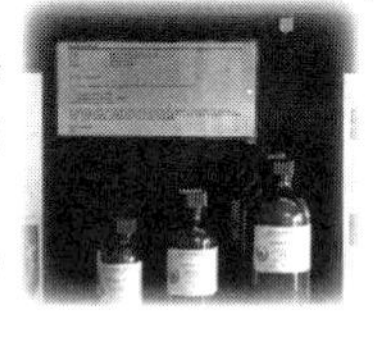

本文にある「水ゴケとバラのお守り」は、その作り方をヨーロッパで学んだ薬剤師さんが、オーストラリアのタスマニア島で作っています。
絵本なども並ぶ薬局で、茶色いガラスのビンに入れられて、**Sphagni Rose** という名前で売られています。

URL http://www.southernswan.net.au

8　紙とインクの魔法

ひんやりした風が心地良い日、マーニのクラスは、子どもたちのはしゃぎ声であふれています。

それもそのはず、今日は金曜日です。

午後の授業で、サラ先生は言いました。

「さあ、みなさん。席に着きましょう。

そして、緑色の表紙のノートとペンと絵の具を出したら、目を閉じて静かに私の話を聞いてください」

ざわめいていた教室に静けさがもどると、先生は、ゆっくりと教室を歩きまわりながら話を続けました。

「冬休み前の今、みなさんに考えてほしいことがあります。『命』についてです。人間の命だけではありません。全てのものの命です」

「先生！」

手を挙げたのは、ブラッドリーです。

「全てのもの、って、このノートの紙にも命があるんですか？」

「そうね。はじめて紙のようなものが考えられたのは、今から千九百年ぐらい前だったかしら。

中国の蔡倫という人が、樹皮や、ボロ布や、魚をとる網などでくふうして作ったそうよ。

今、みなさんの目の前にある紙は、東洋から伝えられた紙の作り方にくふうを加えて作られたものです。

この紙は、木の幹をくだき、薬とともに煮つめて、糸のような繊維を取りだして、それに特殊なノリをまぜてうすく仕上げたものです。

だから、木の命を持っているんです」

マーニは先生の話を聞きながら、緑色の表紙の上に手をのせてみました。

「でも、木を使って紙を作る方法が伝わってくるまではね、このあたりの国々では、羊皮紙といって、羊やヤギなどの動物の皮を使っていたんです」

「動物の皮をですか？」

ブラッドリーは目を丸くしています。

「そう。動物の皮の内側をけずりとって、うすべったく仕上げたものに、文字が書かれた本が、町の図書館に保管されているはずです。

だから、本になる前は、動物の命でもあったのね」

「先生！　じゃあ、このペンにつけるインクは？」

今度はエミーです。

「今のインクを作る元になった昔のインクはね、ドングリの仲間の木に、タマバチという虫が産卵したことから生まれたと言われています。

たとえば、タマバチがドングリの木に産卵すると、その卵がある部分は、若芽が変形して果物の実のようなコブになったり、綿花のようになったりします。その中で、タマバチの幼虫が育つのね。

ところが、そのコブには不思議な力がもうひとつあることに誰かが気づきました。

そこで、そのコブに鉄の成分をまぜて、樹脂を加えると、黒に近い青いインクができたのです。虫と木の命が教えくれた魔法です。そのおかげで、私たちは、昔の人が書きのこしてくれた多くの知恵や物語にふれることができるのね」

「先生！」

いつもはあまり質問しないグレースが手を挙げました。

「でも、そんな不思議なことに、昔の人たちはどうやって気づいたんですか？」

その質問に、クラスがざわめきます。みんな同じことを思っていたのでしょう。

「それは、私にもわかりません。みなさんはどう思いますか？」

エバンが、さっと手を挙げました。

「よく思うんだけど、地球上には、人間の姿をした魔法使いが、いっぱい歩きまわっているのさ。不思議なことは、全部、魔法使いのしわざだよ。

その魔法使いたちは、どうやったら生きものたちが助けあえるのかを、こっそり教えてくれるんだ」

「エバン、マンガの読みすぎ！」と、エミーが笑います。

「そんなことないよ。僕はね、自分の心に見えることは、実は本当のことなんだって信じてるんだ」

「エバン、あなたの想像力も、神様がくれた魔法の力かもしれないわね」

サラ先生は、真剣な顔で言いました。

「どうせなら、いっそのこと魔法使いにしてほしかったな」

残念がるエバンに、クラスは笑いに包まれました。

その大きな笑い声の中で、マーニが小さく手を挙げて言いました。

「おばあちゃんも『純粋な子どもたちは、みんな魔法使い』って言ってました」

「ってことは、実は、僕たちはみんな魔法使いなんだね。すごいよ！」

はしゃぐエバンを見ながら、マーニの頭の中には「学校の勉強は、地球が育んだ魔法を習うようなものだ」というパパの言葉が浮かんでいました。

「さあ、おしゃべりはここまで。

みんなで校庭に出ましょう。ノートと絵の具を持ってね。
今日は、このノートの一ページをいっぱいに使って空をかきましょう」

サラ先生はそう言うと、教室のドアを開けました。

校庭に出ると、クラスのみんなは、思い思いの場所で空の絵をかき始めました。

東の方は青空ですが、西の方にはポコポコした雲が浮(う)かんでいます。

マーニは、みんながワイワイしているピクニックテーブルのある場所からはなれ、大きな木の根元に腰(こし)かけました。ここは、落ち葉が山になっていてふかふかなのです。

マーニが見あげた先にあったのは、白い雲の線がスーッとのびた青空です。

ノートを開き、マーニはていねいに青い絵の具に白い絵の具をまぜ、いろいろな空色を作りました。

たっぷりの水で溶(と)かした空色の絵の具に太い筆をひたすと、マーニは左から右にいきおい良(よ)くぬっていきました。その上には少しこい空色を重ねます。
そして、細い絵筆に白い絵の具を取った時、木の上から大きな声が聞こえました。

「何モタモタやってんだよ。オレは、もうできちゃったぜ！」

そう言いはなってとびおりてきたセスは、一面に青い絵の具がぬりたくってあるノートをかわかすために地面に広げると「見るなよ！」と言って、マーニに怖(こわ)い顔を向けました。

でも、そのあとで何を思ったのか、マーニの空の絵をじっとながめています。

「ねえ、私(わたし)のも見ないでよ」

「べつに見たくなんかねえよ。ちょっと考えてただけじゃないかよ！」

「考えてたって、何をよ？」

「この大きな空の下に、たくさんの命があるんだなって、それだけさ」

それだけを言うと、セスは遠くで走りまわっている男子のグループにとびこみ、木の枝をふりまわし始めました。

子どもたちが絵をかき終わると、サラ先生は小さいベルを鳴らしました。

「集まってください。これから、教室にもどって、もうひとつすることがあります。

みなさんの空の絵の上に、単語ひとつでも、文章でもかまわないので、『命』から思い浮かぶ言葉を書いてみてください。今、心に浮かぶ言葉です」

教室は、さっきまでとはうってかわって静かです。

みんな、ペンを片手に思案中です。

最初にペン先を動かしたのはエミーです。

「お花、チョウチョ、小鳥たち」

教室を見まわっていたサラ先生は、エミーにささやきました。

「エミーのまわりをいつも取りかこんでいるものね」

カーチャも、書き終わってペンを置きました。

「一番大切なもの」

先生は、カーチャの肩に手を置いてほほえみました。

スーザンは、書き終わった自分の文をじっと見つめています。

「みんなにもあって、私にもあるもの」

ブラッドリーは、こう書きました。

「消防士になった僕が守るもの！」

セスは、なんと書いたのでしょう？

「ありがとう！」

大きく書きなぐったひと言の横には、小さい羊の絵がありました。

マーニは、今日もやっぱり最後になりそうです。

いろいろな言葉が頭の中にあふれて、何を一番書きたいのかわからないのです。

マーニは、クラスを見まわしました。そして、黒板を見ました。

そこには、空の絵をかくインゴとインディがいました。

マーニがじっと黒板を見ていると、とつぜん、インゴの声を耳元で感じました。

「ねえ、マーニもひとつの命だよ。みんなを守れるのさ」

マーニは、まわりを見まわしましたが、インゴはあいかわらず黒板の中にいます。

「インゴじゃなかったのかな？」

でも、頭の中にはあの声が残っています。

マーニは、ペンを持ち直しました。

「マーニ・キャンベル」

マーニは、その絵の上に、自分の名前だけを書きました。

でも、そこには、まるで長い作文を書いたような満足感がありました。

冬がやってきて、静かな雨の日が多くなってきました。

この雨が雪に変わる日も近そうです。

教室では、子どもたちが静かに本を読み始めると、サラ先生はストーブにたきぎをくべて火をつけました。

ストーブの上には大きな鍋がのっていて、ココアパウダーとお砂糖をまぜたミルクが温められています。

教室が甘いにおいでいっぱいになると、、サラ先生が、それぞれのカップにココアを注いでくれるはずです。

外の風景は少しさびしいけれど、マーニは、こんなぬくぬくとした時間をすごせる寒い季節が好きです。

全員に熱いココアを配り終えると、サラ先生は大きな木のイスに腰かけて、静かに話し始めました。

「では、みなさん、しおりをはさんで本を閉じてください。

そして、緑色の表紙のノートを開いてください」

みんなは、ゴソゴソとノートを机の上に出しました。

「今年も、もうしばらくすれば、クリスマスがやってきます。

あっという間にも思えるけれど、みなさんは、この一年で、自分が思うよりずっと成長したんですよ。

今日はね、自分で自分の成長をたしかめてほしいんです」

「ええ？　どうやって？」

最初に声をあげたのは、やっぱりカーチャです。

「ノートの最初のページに、私から、四年生になったばかりのみなさんへのメッセージがあるのを覚えているかしら？」

クラスのみんなは、たよりなげにうなずいたり、あわててそのページを見たりしています。

「そのメッセージを、今のみなさんならどう思うのかしら？

しばらく時間をあげますから、ココアを飲みながら考えてみてください」

静かな時間が流れたあと、先生はクラスのみんなに聞きました。

「ね？　みなさんは体だけではなく、心も成長しているでしょ？」

「先生！」

エミーが手を挙げました。

「私へのメッセージには、『窓の外にある美しいものもたくさん見つけてみましょう』って書いてありました。

私は、お洋服とか、身のまわりのものはきれいなものが好きだわ。

お花もようのワンピースは、一番のお気にいり！

だから、先生は、もっともっと『美しいものを見つけてくださいね』って言ってくれたんだと思いました。

でもね、今は、少しちがうことを思っています」

「それを、クラスのみんなにも聞かせてくれるかしら？」

「はい。きっと先生は、私にお洋服の花もようとかだけじゃなくて、生きている小鳥や、お花やチョウチョの命が持つ美しさを知ってほしかったんだと思います。

そうでしょ？　先生」

エミーは、自信にあふれた声で言いました。

「あんた、洋服以外のこともちゃんと考えてるじゃん！」

カーチャは、そう言ってうれしそうに笑いました。

「じゃあ、カーチャはどうなの？」

エミーは、口をとがらせてカーチャに聞きました。

「え？　あたし？」

「そうよ」

「うーん。じゃあ、まず先生のメッセージを読むよ。

『カーチャの正義感が、大きく優しいものに成長しますように。

まわりの人を等しく守る力になりますように』

あーあ。あたしのは、あんたのよりむずかしいんだよね、エミー」

カーチャがそう言って頭をかくと、みんなが声をあげて笑いました。

「あたしはね、自分はいつも正しくて、正義の味方みたいに思ってたんだけど、
ちょっと意地悪だったかもしれないって、今、思っているところ。

先生のメッセージは、まだむずかしいから、卒業するまでに考える！」

「大丈夫。カーチャは時々おっかないけど、たのもしくて優しいさ！」

ブラッドリーがそう言うと、そばで聞いていたスーザンもうなずきました。

そして、何人かが自分の考えを発表すると、鐘が鳴り、下校時間になりました。

クラスのみんなは机の上を片づけ始めましたが、マーニは、先生が自分に書いてくれたメッセージをただ見つめていました。

その夜、マーニは、もう一冊の緑色の表紙のノートを開きました。

これは、先生に、うちで自由に使っていいと言われたノートです。

はじめのうち、マーニは、サラ先生が黒板にかくインゴとインディの絵をまねてかいていました。

でも、そのうちに、その絵といっしょに、学校であったいろいろなできごとを文章にもするようになっていました。まるでインゴとインディの絵日記です。

そして今は、インゴとインディとおしゃべりしたい時に開いてみます。

心に浮(う)かんだ色をぬったり、風景(ふうけい)をかいたり、保健室(ほけんしつ)の人形やインゴとインディの絵をかきながら、ふたりに話しかけたい言葉を書くのです。すると、紙の上に生まれた言葉は、インゴとインディの元へとびたっていくことにマーニは気づきました。

今日も、マーニはメッセージを書きました。

「インゴとインディ、
サラ先生が私(わたし)にくれたメッセージにはね、『元気な男の子たちとも仲良(なかよ)く遊んでみましょう』って書いてあったの。
でもね、私はあんなに元気に遊べないもの」

マーニは、自分だけが成長(せいちょう)していないような気持ちがしていました。

だって今日、エミーもカーチャも、ちゃんと自分の成長を発表できたではありませんか。

マーニは、枝をふりまわして男の子たちと走りまわっている自分を想像してみようとしました。

でも、それはやっぱり無理なので、気持ちを切りかえて、クレヨンで大きな木の絵をかき始めました。その木の枝の上には、誰かがすわっています。

「マーニ、それは誰？」

耳元で、インディの声がしました。

その質問に答えるかわりに、マーニは、その木の枝にすわっている子のセーターをオレンジ色でぬりました。

「わかったわ、セスね」

「ねえ、マーニ、ボクはその木の下に、マーニが立っているような気がするよ」

今度は、インゴの声が聞こえました。

マーニは少し考えると、赤いリュックを背負った女の子を、その木の下にかきました。

「マーニは、元気な男の子とも仲良くなれたんじゃない？」

「え？」

「いっしょにブワーって自転車に乗って遊んでたよ？　忘れちゃったの？」

「あれはね、遊んでたんじゃないのよ」

「そうなの？」

インゴの考えこむ顔が浮かびます。

「マーニ、セスはマーニのお友達だから、水ゴケとバラのお守りを届けてあげたのよね」

インディは、お姉さんのように言いました。

「ちがうの。あれはね、ドクター・ジュノーにたのまれたから」

「でも、いらないいってつっぱねていたセスが、ちゃんと受けとってくれたじゃない。

それは、セスも、マーニのことをお友達って思ったからよね」

マーニは、元気な男の子たちと仲良くすることは、いっしょに走ったり、高い所からとびおりたりすることだと思っていました。

でも、思いやりがあれば、仲良くなれるのかもしれないなと思い始めました。

インゴが言います。

「マーニ、おしゃべりするのも、いっしょに遊ぶのと同じさ」

「うん」

「おしゃべりすると、仲良くなれるよ。だって、言葉も魔法を持つ命だからね！」

マーニは、頭の上ではしゃいでいるインゴの羽音をずっと聞いていたいと思いました。

クリスマスまであとひと月になると、木枯らしが吹く日も多くなりました。

そんな日は、外で遊ぶより、家の中で暖炉の火にあたりながら本を読むのが子どもたちの楽しみです。

とびきり寒い日の朝、サラ先生からサプライズがありました。

今日、マーニのクラスは、大きな町にある図書館に、小さいバスに乗って遠足に行くのです。

学校の前にバスが停まると、みんな大はしゃぎです。

エミーはすばやく一番前の窓側にすわり、手をふりました。

「マーニ、ここにおいでよ」

マーニは笑顔でうなずくと、エミーのとなりにすわりました。

あとから乗りこんできたカーチャがエミーのうしろにすわると、身をのりだして言いました。

「エミー、あんた、席(せき)とる時はすばやいよねえ」

そして、三人は声をあげて笑(わら)います。

うしろの方では、男子がふざけ合っています。

みんな、遠足に行くのがうれしくてたまらないのです。

サラ先生について、最後(さいご)に乗ってきたのはスーザンでした。

バスの空席(くうせき)を見まわしますが、どこにすわったらいいのか迷(まよ)っているようです。

「ここ、あいてるよ！」

それはカーチャの声です。

自分のとなりの席をポンポンとたたくカーチャに、スーザンは笑顔(えがお)を見せました。

「じゃあ、ここ、すわるね」

バスが動きだすと、カーチャはスーザンに聞きました。

「ねえ、スーザンはどんな本が好きなの？」

「私？　そうだなあ、本はなんでも好きだけど『赤毛のアン』の物語が好きだなあ。カーチャは？」

「あたしは『ドリトル先生』シリーズだな、やっぱり」

「私も、ドリトル先生の話は大好き。ドリトル先生が月に行く話は、何回も読んだよ」

うしろの席から聞こえる楽しそうな会話を聞きながら、エミーがマーニに言いました。

「ねえ、昔の人が作った物語がずっと残っているのは、紙のおかげね。木の命が『アン』や『ドリトル先生』たちを守ってくれているのね」

「うん」

「森に行く遠足も大好きだけど、図書館は森と同じような場所だったのね」

「木の命がすむ場所ね」

エミーとおしゃべりしながら、マーニは、ワクワクしてくる気持ちを楽しんでいました。


図書館に着くと、サラ先生は、今までマーニが入ったことがない古い建物に、子どもたちを連れていきました。

この建物は、二百年も前にたてられたもので、レンガの色もくすみ、床の木も黒く光っています。ひんやりした空気には、なつかしいような、心が静かになるような、古い紙のにおいがひそんでいます。

天井は、見あげればひっくりかえってしまうほど高く、ステンドグラスの天窓からさしこむ光だけで、全ての本を照らすのはむずかしそうです。

かべにびっしりと作りつけられた本棚には、木のハシゴがかかっています。

きっと、高い場所にある本を手にするのに使われるのでしょう。

「みなさん、気になる本があったら、手にとってみてくださいね。でも、ここにある本は、古くて大切なものばかりなので気をつけてください」

マーニは、本棚をゆっくりと見まわしました。

手前にある本棚には、学校の図書室で見るようなカラフルな背表紙のものが並んでいますが、おくに行けば行くほど、背表紙の文字がはっきり読めない本が多くなります。

マーニは、ずっとおくまで行って、静かに眠っているような本棚を見あげました。

この本棚のものは、外国語の本でしょうか？　知らない言葉で書かれた背表紙ばかりです。

そのとなりの本棚には、大きな本が並んでいます。

目の前にあった一冊を取りだして開いてみると、赤や黄色のインクでかかれたお城は色あせています。お姫さまと、ウサギと子ジカもかかれているところを見ると、この本棚には、古い児童書が集められているのでしょう。

マーニが、ワクワクして上の段まで見あげると、金色の文字がかすれていて、題名がよくわからない本がありました。

マーニはハシゴをのぼって、その本を手にとってみました。

茶色い革の表紙をそっと開くと、古い紙とインクのにおいが鼻をつきました。

その黄ばんだ紙にあったのは、ペンで書かれた文字でした。

長いあいだ、木の命に守られていた、人の手によって書かれた文字です。

マーニは、きんちょうしながらざらつくページをめくってみます。

すると、あるページに目が止まりました。

「ボクたちは、いつもいっしょだよ。

思いやりが、ボクたちをずっとつないでいてくれる」

その文字からは、まるで、インゴがしゃべっているような声がしました。

マーニが、その声に気を取られながら、手にした本を元の場所にもどすと、天窓からひとすじの強い光がさしこんできました。

その光を受けた背表紙の文字は、いっしゅん、金色にかがやきました。

『インゴとインディの物語　マーニ・キャンベル作』

「え？」

マーニは、ハシゴの上で、キツネにつままれたような気持ちになりました。

「あはは、いつまでハシゴにしがみついてるの？」

「こっちにおいでよ！」

マーニが、その声にハッとしてふりむくと、そこには、カーチャとエミーの笑顔がありました。

（いつか、また）

インゴとインディの物語
マーニー・キャンベル作

〈著者紹介〉

作　大矢純子（おおや じゅんこ）

1961 年 東京都生まれ

マッコーリー大学大学院（オーストラリア NSW 州）応用言語学修士課程終了

オーストラリアの州立小学校やシュタイナースクールなどで日本語教師を歴任

著書

『グランパと僕らの宝探し―ドゥリンビルの仲間たち』（第 8 回朝日学生新聞社児童文学賞受賞）『ハロー、マイフレンズ』共に朝日学生新聞社刊

絵　佐藤勝則（さとう かつのり）

1969 年 宮城県生まれ。イラストレーター。

主に出版、広告、絵本、カードゲーム、キャラクターデザインなどの仕事を手掛ける。

日本イラストレーター協会イラストレーター・オブ・ザ・イヤー 2022 最優秀広告イラスト賞受賞。

イシゴとインディの物語 II

2024 年 7月23日 初版第1刷発行

作　大矢純子

絵　佐藤勝則

発行者　百瀬精一

発行所　鳥影社 (choeisha.com)

〒160-0023 東京都新宿区西新宿3-5-12トーカン新宿7F

電話 03-5948-6470, FAX 0120-586-771

〒392-0012 長野県諏訪市四賀229-1（本社・編集室）

電話 0266-53-2903, FAX 0266-58-6771

印刷・製本　モリモト印刷

ISBN978-4-86782-098-8　C8093